首売り長屋日月譚

文月《ふづき》騒乱《そうらん》

鳥羽　亮

幻冬舎時代小説文庫

首売り長屋日月譚

文月騒乱《ふづきそうらん》

目次

第一章　幼児《おさなご》

1

「さァ、さァ、見てごらんなさい！　獄門台の生首だよ。……この生首が、何と百文。斬《き》るなり、突くなり、勝手だよ。……武器《えもの》は刀、槍《やり》、薙刀《なぎなた》、お好きな物をお貸ししますよ」

小雪《こゆき》が、声を張り上げた。

客を呼ぶ口上には、よく通るひびきと声量があった。小雪は水色の小袖《こそで》に朱の肩衣《かたぎぬ》、紫の短袴《たんこ》。軽業師《かるわざ》か、女講釈師のような格好をしている。

小雪のすぐ後ろに立っている立て札には、『腕試、気鬱晴《きうつばらし》、首代百文也。刀、槍、木刀、薙刀、勝手次第。又、借用ノ者、三十文也』と記されてあった。立て札は、晒《さら》し首の罪状を記した捨て札を模した物らしい。

立て札の脇《わき》には獄門台があり、生首が三つ、置かれていた。もっとも、本物の獄門台ではない。それらしく模して作った物である。その台には、木綿《もめん》の白布が垂れ下がり、『首代百文也』と記した紙が貼ってあった。

台の上の生首は、右手にどす黒い血に顔を染めた獄悪人らしい男、左手に苦しげに顔をしかめている女、真ん中にあるのが、目をとじている端整な顔立ちの若侍である。

どうやら、百文出せば、その台の上の生首を、刀や槍で、斬るなり突くなり勝手にしていいということらしい。さらに、三十文出せば、刀や槍を貸してくれるようだ。

そんなことで、腕試しや気鬱晴らしになるものであろうか。ともかく、珍妙な商売である。

小雪のまわりには通りすがりの男たちが数人集まっていたが、前に出てくる者はいなかった。遊び人ふうの男は薄笑いを浮かべて獄門台の生首に目をやり、職人らしい男は困惑したような顔で仲間の男と顔を見合っている。

「さァ、この生首が、たったの百文だ。バッサリやってみませんか。腕試しにはなるし、気鬱が晴れること請け合いだよ」

小雪が煽《あお》るように声を上げた。

だが、集まっていた客は尻込みして出てこようとはしなかった。そればかりか、遊び人ふうの男は大口をあけて欠伸《あくび》をすると、

「首屋の首は、斬れねえからな」

と小声で言うと、きびすを返してその場から離れてしまった。

そのとき、獄門台の生首のひとつ、若侍の目があき、

「小雪、今日のところは、ここまでだな」

と、声をかけたのだ。

どうやら、若侍は生きているらしい。獄門台の下に体を入れ、台の穴から首だけ出していたようだ。台から垂れている白布は、若侍の体を隠すためであろう。

よく見ると、右手の獄悪人らしい男の首と左手の女の首は、張りぼての人形だった。真ん中の生首だけが本物である。

「そうだね。……おまえさん、台から出てきてくださいよ」

小雪が若侍の生首に声をかけた。

ふたりは夫婦らしい。若侍の名は島田刀十郎《しまだとうじゅうろう》。ふたりは祝言を挙げて、まだ半年ほどであった。

「分かった」

刀十郎はいったん獄門台から首を引っ込め、台の後ろから立ち上がった。

刀十郎と小雪は、仲間の大道芸人やふたりの商売のことを知っている客たちからは、首屋とか首売りとか呼ばれていた。

やり方は、こうである。首代を出した客が刀や槍を遣って、刀十郎の首を斬るなり突くなりしようと試みるのだ。

刀の場合、振り下ろされる寸前、刀十郎が首を引っ込める。頭を割られたと見えた瞬間、間一髪で首を下げるのだ。それが迅《はや》く、見物人には生首が消えたと見えるほどなのだ。槍の場合は突くのだが、やり方は同じである。

斬るなり突くなりする方が迅いか、首を引っ込める方が迅いか。そこが、腕試しであり、気鬱晴らしにもなるというわけだ。

実は、このやり取りには、敵の斬撃《ざんげき》や刺撃を間一髪でかわす剣の極意があった。刀十郎は剣の達人だったのである。

刀十郎は陸奥国《むつのくに》彦江藩の家臣、藤川仙右衛門《ふじかわせんえもん》の次男に生まれた。藤川は彦江藩の徒目付《かちめつけ》で、五十石取りだった。ただ、兄の清太郎《せいたろう》が藤川家を継ぐことになっていたので、刀十郎は家を出ねばならない身だった。

刀十郎は何とか剣で身を立てたいと思い、少年のころ領内にひろまっていた真抜《しんぬき》流の道場に通い、領内では名の知れた遣い手になった。

刀十郎は領内で剣名を上げたが、仕官は叶《かな》いそうもなかった。彦江藩は四万八千石の小藩で、財政も逼迫《ひっぱく》していた。そのため、新たに家臣を召し抱えるどころではなかったのだ。家臣たちの俸給さえとどこおっていたのである。

刀十郎は江戸へ出る決意をした。江戸へ出れば、剣で身を立てることもできるのではないかと思ったのだ。それに以前、彦江藩の家臣で真抜流の達人だった島田《しまだ》宗五郎《そうごろう》が、江戸で剣術道場をひらいたという噂《うわさ》を耳にしたこともあった。道場の内弟子になれば、何とか食っていけるだろうし、剣の修行もできると踏んだのである。

刀十郎はさっそく藩に出府を願い出た。藩の重臣たちは、すぐに刀十郎の出府を許可した。藩としては、その方が都合がよかったのだ。

重臣たちは刀十郎が真抜流の遣い手であることを知っていたし、江戸におけば何かのおりに利用できると考えたのだ。それに、新たに家臣として召し抱えるわけではなく、扶持《ふち》の心配もないのである。

江戸へ出た刀十郎は、さっそく島田道場を訪ね、内弟子として下働きのような仕事をしながら剣術の稽古《けいこ》に打ち込んだ。

島田道場の内弟子だったころ、刀十郎は小雪と知り合い、恋仲になった。小雪は宗五郎のひとり娘だったのである。

その後、島田道場はつぶれた。理由は、真抜流の剣名が高くなかったことと、稽古法が江戸在住の武士に受け入れられなかったためである。

真抜流は彦江藩の領内にひろまった土着の流派で、稽古は木刀を遣った実戦本意の荒々しいものだった。しかも、型稽古が中心で、ほとんど試合稽古はおこなわれなかった。

このころ（嘉永年間）江戸の剣術道場では、竹刀《しない》と防具を遣った試合形式の稽古が主流だった。真抜流のような木刀を遣った型中心の稽古は、田舎臭い剣術と思われ敬遠されがちだったのである。

そのため、道場をひらいた当初は、彦江藩の江戸勤番の藩士をはじめ、道場近郊に住む幕臣の子弟などが入門したのだが、ひとり去りふたり去りして、道場経営が立ち行かなくなってしまったのだ。

道場をたたんだことで、生きる糧を失った島田宗五郎と小雪の父娘《おやこ》は、両国広小路で首売りなる珍妙な大道芸を始めた。始めたというより、元の商売にもどったといった方がいい。宗五郎父娘は江戸に出てきた当初、生きていくために両国広小路で首売りをして口を糊《のり》していたのである。

ところが、刀十郎と小雪が所帯を持ってしばらくすると、宗五郎は隠居してしまった。やむなく、刀十郎が、首屋の商売を引き継いだのである。

「だいぶ、人通りもすくなくなったからな。……もう、客も集まらないだろう」

刀十郎は両腕を突き上げて、伸びをしながら広小路の方へ目をむけた。

ふたりが首売りの大道芸をしていたのは、両国橋の西の橋詰、両国広小路の楊弓《ようきゅう》場《ば》の脇だった。そこは、大川の川岸近くで、刀十郎の背後には大川の滔々《とうとう》とした流れが遠く永代橋の彼方までつづいていた。

そろそろ暮れ六ツ（午後六時）であろうか。陽《ひ》は家並の向こうに沈み、西の空には残照がひろがっていた。

　両国広小路は江戸でも屈指の盛り場で、大勢の人出で賑《にぎ》わっているのだが、さすがに暮れ六ツちかくなると、人通りもすくなくなり、気の早い床店《とこみせ》や茶屋などは店仕舞いを始め、見世物小屋なども木戸をとじてしまう。

「それで、今日の稼ぎはどれほどになる」

　刀十郎が小雪に訊《き》いた。

「一朱ほどに、なります」

　小雪は、獄門台のふたつの人形の首を布で包みながら言った。

「そうか。一日の稼ぎとしては、十分だな」

　刀十郎は満足そうに言った。

　小雪は籠《かご》のなかに人形の首を入れて背負った。刀十郎は客に貸すため持ってきた刀、槍、木刀、薙刀などを紐《ひも》で結んで小脇にかかえた。いつも、そうやって持ち運びしていたのである。

「帰ろうか」

「はい」

刀十郎と小雪は、人影のまばらになった両国広小路を横切り、神田川にかかる柳橋へ足をむけた。

ふたりの住む長屋は、柳橋を渡った先の浅草茅町《かやちょう》にあったのである。

2

刀十郎と小雪は柳橋を渡るとすぐ、左手にまがり、神田川沿いの道を浅草御門の方へむかって歩いた。すでに、辺りは淡い暮色につつまれていた。通り沿いの表店は店仕舞いし、人通りもめっきりすくなくなっていた。居残りで仕事をしていたらしい職人や、酒屋にでも立ち寄って一杯ひっかけてきたらしい男などが、通りかかるだけである。

「おまえさん、だれか来ますよ」

小雪が、小声で言った。

見ると、通りの先から子供連れの女が、小走りにやってくる。女の足がもつれ、泳ぐような足取りである。子供は、幼子らしい。男児《おとこのこ》であろうか。芥子坊主《けしぼうず》が、遠目にも識別できた。五、六歳であろうか。

ふたりは、町人の母子《おやこ》のように見えた。女が男児の手を引いている。

「う、後ろから、だれか追ってきます」

小雪が、声をつまらせた。

子供連れの女の後ろに、人影が見えた。ふたり。いずれも武士らしい。羽織袴《はかま》姿で二刀を帯びていた。

「待て！」

という声が聞こえた。ふたりの武士は、子供連れの女を追っているようだ。女は男児を連れて必死で逃げてくる。

女と男児の姿が、刀十郎たちに迫ってきた。女の目がつり上がり、喘《あえ》ぎ声を上げていた。島田髷《しまだまげ》に小袖姿だった。母親ではないらしい。眉《まゆ》も剃《そ》ってないし、鉄漿《かね》もつけていないようだ。男児は女に手を引かれ、必死で走っていた。

だが、ふたりの武士の足は速かった。見る間に、女と男児に迫ってくる。

「た、助けて！」

女が声を上げげた。刀十郎たちの姿を見たらしい。

と、背後に迫るひとりの武士の手元が、にぶくひかった。刀を抜いたのだ。夕闇《ゆうやみ》のなかで、刀身が銀色《しろがねいろ》にひかっている。

「き、斬る気だわ！」

小雪が声を上げた。

「助けねばならんな」

刀十郎は、手にした刀や槍などを路傍に放り投げて走りだした。いかなる理由があろうとも、武士が女子供を斬っていいはずがない。

小雪も後を追ってきた。背負った籠のなかで、布につつんだ首がカタカタと音をたてている。

そのとき、女の後ろに迫った武士の刀身が一閃《いっせん》した。

キャッ！

と、女が悲鳴を上げて身をのけ反らせた。その拍子に、手をつないでいた男児が、よろけて転んだ。女は両膝《りょうひざ》を折り、地面にうずくまった。男児は、女の脇に腹這《はらば》いになったまま火のついたように泣き声を上げた。

「女子供に、手を出すな！」

叫びざま、刀十郎は抜刀していた。足も速い。八相《はっそう》に構えた刀身が、夕闇を切り裂くようにふたりの武士に迫っていく。

「何者だ！」

大柄な武士が誰何《すいか》した。がっちりとした体軀《たいく》だった。眉が濃く、頤《おとがい》が張っている。剽悍《ひょうかん》そうな面構えの男である。

「おぬしらこそ、何者だ！　女子供に刀をふるうとは、それでも、武士か」

刀十郎の声は、怒気をふくんでいた。理由は知らないが、女子供に刀をふるう武士を許せなかったのだ。

「手出し無用！」

大柄な武士が、刀十郎の前に立ちふさがった。

もうひとりの武士が、腹這いになって泣いている男児を抱え上げようとしていた。こちらは、面長で鼻梁《びりょう》の高い男である。

大柄な男が青眼《せいがん》に構え、切っ先を刀十郎にむけた。腰の据わった隙《すき》のない構えである。

かまわず、刀十郎は走り寄りざま、

イヤァッ！

裂帛《れっぱく》の気合を発し、いきなり斬り込んだ。

八相から袈裟《けさ》へ。

迅い！　真抜流の速攻剣である。

瞬間、大柄な武士が刀十郎の斬撃を受けようとして刀を振り上げたが、間に合わなかった。

ザクリ、と武士の着物の肩口が裂けた。次の瞬間、あらわになった武士の肌に血の線が浮き、血が噴いた。

だが、それほどの深手ではないようだ。

武士は驚愕《きょうがく》に目を剝《む》き、後じさった。刀十郎の斬撃の迅さと鋭さに驚き、恐れをなしたようだ。

刀十郎は、後じさりした武士を追わなかった。すばやい体捌《たいさば》きで反転すると、男児を抱きかかえようとしている面長の武士に迫った。

「おのれ！」

面長の武士は慌てて男児を放し、刀の柄《つか》をつかんで抜刀しようとした。

「遅い！」

刀十郎が、武士の手元に斬り込んだ。突き込むような籠手《こて》である。

ギャッ、と叫び声を上げ、武士が後ろへよろめいた。刀を抜きかけた右手の甲が裂け、血が迸《ほとばし》り出た。

武士は恐怖に顔をひき攣《つ》らせ、よろめくように後ろへ逃げた。右手の甲が赤い布でおおったように真っ赤に染まっている。

「ひ、引け！」

大柄な武士が叫んだ。

刀十郎には、かなわないとみたようだ。ふたりは、刀をひっ提げたまま反転して駆けだした。

刀十郎は、すばやく納刀すると、うずくまっている女のそばに駆け寄った。すでに、小雪が女の脇から顔を覗《のぞ》き込むようにして声をかけている。

男児は立ち上がり、しゃくり上げながら女に目をやっていた。その顔に心配そうな表情が浮いている。子供ながら、女の身を案じているらしい。

「斬られたのか！」

女の左の肩先から背にかけて着物が裂けていた。背後から袈裟に斬られたようだ。出血が激しく、着物が真っ赤に染まっている。

女は苦しげに顔をゆがめ、呻《うめ》き声を洩《も》らしていた。激痛と興奮のせいであろうか、体が顫《ふる》えている。

「しっかりして！」

小雪が声をかけ、女の右の脇に腕をまわして、助け起こそうとした。

すると、女が顔を上げ、

「吉之助《きちのすけ》さまを、助けて……」

と、絞り出すような声で言った。顔が土気色をし、唇が震えている。

「吉之助とは、この子か」

刀十郎が訊《き》いた。

「は、はい……」

「分かった。吉之助のことは心配するな。おれたちが、守ってやる。……そなたもな」

刀十郎は小雪に代わって、女の右の脇に腕をまわして抱え上げた。

ともかく、長屋に連れていって女の手当てをしなければならない、と刀十郎は思ったのだ。幸い、長屋は近くである。

「吉之助さんは、わたしが」

小雪が女のそばに立っている吉之助の手を取った。

吉之助は泣きやんでいた。小雪に手を引かれながら、お浜《はま》、痛くないか、痛くないか、と声をかけていた。女の名はお浜のようだ。ふたりのやり取りからみて親子ではなく、吉之助はお浜が仕えている者の子らしい。

3

浅草茅町に刀十郎たちの住む宗五郎店があった。島田宗五郎が大家をしていたのである。ただ、宗五郎店と呼ぶ者はあまりいなかった。長屋のことを知っている者は、首売り長屋と呼んでいた。宗五郎が長屋の大家になる前、首売りなる大道芸で口を糊していたからである。

長屋の家主は、堂本竹造《どうもとたけぞう》という男だった。堂本は、大道芸人や小屋掛けの芸人などの元締めをしていた。当初は家のない芸人たちを小屋に仮寓させていたが、しだいに人数が増え、長屋を建てて住まわせるようになったのである。

宗五郎が大家になる前は、豆蔵《まめぞう》長屋と呼ばれていた。豆蔵の米吉《よねきち》が大家だったからである。豆蔵というのは、簡単な手妻《てづま》（手品）をやりながら滑稽な話術で楽しませ、観客から銭を貰う大道芸である。

現在、首売り長屋は四棟あり、宗五郎は初江《はつえ》という後妻とふたりで、路地木戸を入ってすぐのとっつきの部屋に住んでいた。

初江は色白でほっそりとした美人だった。宗五郎といっしょになる前は、ろくろの初江と呼ばれていた芸人である。

ろくろ首は、胴役と首役に分かれていた。胴役は後ろの黒幕に顔を隠している。一方、首役は顔だけ出して、顎《あご》に長い首の作り物を下げてせり上がり、首が伸びたように見せるのだ。首役は色白のほっそりした美女の方が、悽愴《せいそう》な感じがして観客に受けるのである。

大家が店子《たなこ》といっしょに長屋に住むというのも妙だが、宗五郎が娘夫婦と同じ長屋に住むことを望んだためである。それに、宗五郎は初江とふたり暮らしだったので、長屋住まいでも不便ではなかったのだ。

刀十郎と小雪は首売り長屋の路地木戸をくぐると、お浜と吉之助を宗五郎たちの家へ連れ込んだ。

土間の流し場で洗い物をしていた初江が、

「まァ、どうしたの！」

と、目を剝いて訊いた。

突然、刀十郎たちが見ず知らずの娘と男児を連れ込んだこともあるが、それより娘の肩口から背にかけて血に染まっているのを見たからであろう。

「どうした、刀十郎」

座敷に胡座《あぐら》をかいて茶をすすっていた宗五郎も、慌てた様子で立ち、上がり框《かまち》のそばに出てきた。

宗五郎は六尺余の偉丈夫だった。濃い眉で、大きな目をしていた。鍾馗《しょうき》を思わせるようないかつい面貌《おもて》だが、ふっくらした頰《ほお》や小鼻の張った鼻などには愛嬌《あいきょう》があり、憎めない顔であった。それに、歳のせいか顔の皺《しわ》が目立つようになり、鬢《びん》や髷にも白髪《しらが》が混じっている。

「父上、ともかく、手当てを」

小雪が言った。

「刀十郎、娘ごをここへ」

宗五郎は刀十郎に手を貸し、お浜を座敷に座らせた。

お浜は自力で座っていられず、小雪と初江が両側から手を伸ばして体を支えてやった。

お浜は血の気を失い、苦しげに荒い息を吐いていた。肩口からほとばしるように出血し、着物がどっぷりと血を吸っている。

「刀十郎、着物を裂いてくれ」

宗五郎は慌てなかった。こうした傷の手当てにも慣れていたのだ。

「心得ました」

刀十郎は小刀を抜き、お浜の肩口から背にかけて着物を裂いてひろげ、肩先をあらわにした。

一瞬、お浜は羞恥《しゅうち》に顔をしかめ、嫌がって身を引こうとした。だが、拒絶するだけの体力も気力も残されていないらしく、刀十郎のなすがままになった。

肩口の傷があらわになった。肩口から背中にかけて、五寸ほど斬られている。深い傷だった。ひらいた傷口から激しく出血していた。白い柔肌が血まみれになり、赭黒《あかぐろ》く染まっている。

「血をとめねば。……初江、手ぬぐいだ。それに、浴衣《ゆかた》も出せ」

宗五郎が声を上げた。宗五郎は、それほどの傷でなくとも大量の出血で人が死ぬことを知っていたのだ。

「待って、すぐ出す」

初江がお浜のそばから離れ、まず手ぬぐいを宗五郎に渡し、つづいて座敷の隅に置いてあった長持のなかから浴衣を引っ張り出した。

宗五郎は、傷口をふさぐように押さえてから畳んだ手ぬぐいを強く押し当てた。そうやって傷口をふさぎ、すこしでも早く出血をとめようとしたのである。

「刀十郎、浴衣を裂いてくれ」

「はい」

刀十郎は、すばやく浴衣を細長く切り裂いた。

宗五郎が、切り裂いた浴衣をお浜の肩先から脇に何度もまわして傷口をきつく縛った。

傷の手当てがすむと、宗五郎は小雪と初江の手も借りてお浜の体を支え、傷口を上にして横臥《おうが》させた。

「すこし、休むといい」

宗五郎がおだやかな声で言った。

後は安静にして、出血がとまるのを待つしかなかった。ただ、すぐにはとまりそうもなかった。見ている間にも、傷口に当てられた手ぬぐいは血に濡《ぬ》れ、浴衣地まで染み出してきた。

お浜の顔は土気色をし、苦しそうに呻き声を洩らしていた。息が乱れ、体が小刻みに顫えている。

……保《も》たぬかもしれん。

と、宗五郎は思った。

お浜の顔色が悪かった。それに、息も荒い。おそらく今夜がやまであろう。

お浜は意識が混濁し、恐怖の光景が脳裏によみがえったのか、顔をゆがめ、しきりにうわ言を口にした。

……助けて。……吉之助さまを、お守りしなくては。……おふささま、吉之助さまはわたしが……。

そんな言葉が、切れ切れに聞き取れた。

刀十郎は、お浜の脇でしょんぼりうなだれている吉之助に、

「おふささんというのは、だれかな」

と、小声で訊いた。

「母上……」

吉之助は涙声で言うと、ふたりの武士に襲われたことを思い出したのか、顔に恐怖の色を浮かべてしゃくり上げた。

……この子の母親らしい。

おふさは、武士の妻女らしい、と刀十郎は推察した。お浜はおふさに仕えていたのであろう。

小雪が吉之助の脇に座り、ちいさな肩に腕をまわして抱きかかえてやった。吉之助は小雪に身をすり寄せて、声を震わせて泣きだした。

翌未明、お浜は息を引き取った。

4

「この子の親を探さねばならんな」

　宗五郎が、小声で言った。

　吉之助は小雪がかけてやった掻巻《かいまき》にくるまって寝息をたてていた。昨夜《ゆうべ》遅くまで吉之助は起きていたが、子ノ刻（午前零時）を過ぎたころ、泣き疲れたのか横になって眠ってしまったのだ。まだ、五、六歳と思われる子なので、無理もないだろう。

「母親の名は、おふさらしい」

　刀十郎が宗五郎と初江に目をむけて言った。あるいは、ふたりが知っているかと思ったのである。

　すぐに、ふたりは首を横に振った。

「知らないと思うが、念のため、長屋の者に訊いてみるか」

　そう言って、宗五郎が戸口の腰高障子に目をやった。

　まだ、明け六ツ（午前六時）にはなっていないが、障子は白んでいた。朝の早い住人のなかには、起き出した者もいるらしく、ときおり腰高障子をあけしめする音が聞こえてきた。

「あたしが、ひとまわりしてくるよ」

初江が腰を上げた。

小半刻《こはんとき》（三十分）ほどすると、初江は十余人の男女を連れてもどってきた。長屋に住む芸人とその女房たちである。芸人といっても、ほとんどが大道芸や物貰《ものもら》い芸にたずさわっている男たちだった。物貰い芸人とは、奇妙な格好をして戸口に立ったり、噴飯ものの芸をして銭を貰う者たちのことである。

宗五郎と刀十郎は、土間から外へ出た。それだけの人数を家に入れたら、座る場もない。それに、眠っている吉之助を起こすことになる。

「宗五郎の旦那《だんな》、どうしやした」

鮑《あわび》のにゃご松《まつ》が、眠気まなこを手でこすりながら訊いた。

長屋の住人は、宗五郎のことを大家とは呼ばずに、島田の旦那とか宗五郎の旦那と呼んでいた。いっしょの長屋に住んでいたこともあり、親しみを持っていたからであろう。

ちなみに、刀十郎のことは若旦那とか刀十郎の旦那とか呼んでいた。

にゃご松の本名は松蔵《まつぞう》だが、長屋の住人はにゃご松と呼んでいた。にゃご松は猫の目かずら（面）をかぶり、法衣に手甲脚半《てっこうきゃはん》で雲水のような格好をして鉄鉢の代わりに鮑の殻を持ち、町をまわって戸口に立つ。そして、にゃんまみだぶつ、にゃんまみだぶつ、と唱えながら、回向院《えこういん》ではなく、猫向院《ねこういん》から来ましたと言って托鉢《たくはつ》して歩くのである。江戸には変わり者がいて、洒落《しゃれ》がおもしろいと言って銭をくれるのだ。

にゃご松も、物貰い芸人のひとりである。

「昨夜、娘と子供が何者かに襲われてな。刀十郎が子供は助けたが、娘は殺されたのだ」

宗五郎は刀十郎に顔をむけ、おまえから話してくれ、と言った。

「広小路からの帰りに、神田川沿いの道で出会ったのだ」

そう前置きして、刀十郎は昨日の出来事をかいつまんで話してから、

「ふたりの名は、お浜と吉之助だが、ふたりともどこに住んでいるか分からないのだ」

と、言い添えた。

「若旦那、ふたりは町人ですかい」

剣呑《けんの》みの仙太《せんた》が訊いた。

剣呑みは、大口をあけて剣を呑んでみせる大道芸である。刃引きの剣を使って、喉《のど》に突き込んで見せたり、奥歯に切っ先を当て、刀身を押し込むと長めの柄のなかにひっ込むように細工した剣を使ったりする。

「身装《みなり》は町人だが、武家かもしれぬ」

お浜は町人の娘のようだったが、吉之助の物言いは武家言葉だった。吉之助の父親は、身分のある武士かもしれない。

「だれか、名を聞いたことはないか」

刀十郎はあらためて、お浜、吉之助、おふさの名を口にした。

「聞いたことないねえ。家はこの近くなのかい」

おれんという小柄な女が訊いた。おれんの歳は二十二、三。寅六《とらろく》という軽業師の女房だった。おれんも女軽業師だったが、寅六といっしょになって仕事はやめたのである。

「まったく分からん」

刀十郎が言った。

「おれも、聞いたことがねえなァ」

と、にゃご松。

つづいて、戸口に集まった者たちが、口々に、知らねえ、聞いたことがねえ、この辺りに住む者じゃァねえだろう、などと言いつのった。

戸口の騒ぎを聞きつけたのか、長屋のあちこちから、ひとりふたりと集まってきて、いつの間にか宗五郎の家の戸口には大勢の人垣ができてきた。

「ともかく、このままにはしておけん」

宗五郎が、声を大きくして言った。

「そうだよ、娘さんは死んじまったし、吉之助ってえ子は、まだ五つか六つなんだよ。その子がひとりになっちまったんだからね」

初江が、涙声で言い添えた。

「そいつは、かわいそうだ」

声を上げたのは、ひとり相撲の雷為蔵《かみなりためぞう》だった。

ひとり相撲は、広小路や寺社の門前など人出の多いところで、褌《ふんどし》ひとつの裸になり、ひとり二役で相撲をとってみせる大道芸である。雷為蔵は雷電為右衛門《らいでんためえもん》から名を取ったもので、長屋の住人も為蔵の本名は知らなかった。鬼のような大男だが、その風貌に似合わず、心根はやさしく涙もろかった。

「死骸《ほとけ》をわしの家に置いておくわけにもいかんし、なんとかせねばな」

さらに、宗五郎が言った。

「宗五郎の旦那、あっしらが町をまわって訊いてきやしょうか」

にゃご松が言った。

「そうしてもらうと有り難い」

「おれたちが、子供の家を探してやろう」

雷為蔵が大声を上げた。

すると、集まった者たちから、やろう、やろう、といっせいに声が上がった。男も女もすっかりその気になっている。

首売り長屋の住人は、他の長屋とちがって大きな家族のような絆《きずな》で結ばれていた。住人たちのほとんどが、世間から蔑視《べっし》される卑賤《ひせん》な芸人たちだったので、ことのほか仲間意識が強かったのである。

それに、首売り長屋に住む住人たちの情報収集力は、町方同心や手先の岡っ引きたちをはるかに凌《しの》ぐものだった。

大道芸人たちは、人出の多い広小路や寺社地の門前などに出かけて、大勢の見物人を集めて芸を見せる。また、物貰い芸人たちは江戸の各地に散り、戸口に立って住人たちに接する。そうしたおりに見聞きする情報だけでも相当なものだったが、それだけでなく、日頃鍛えた巧みな話術で、必要なことを聞き出すのだ。

「みんな、頼むぞ」

宗五郎が声をかけた。

オオッ！　と、いっせいに声が上がった。

5

「この子を長屋に置いてはおけないな」

刀十郎が思案顔で言った。

神田川沿いの道で吉之助を助けて、三日経《た》っていた。どういうわけか、いまだに吉之助やお浜が何者であるのか分からなかったし、ふたりの家や縁者も不明だった。

ただ、吉之助の話から、母親がおふさであることと、家は長屋ではなく一軒家らしいことが分かった。

父親の名は分からなかった。吉之助に訊くと、父上はいない、と答えただけである。

昨日、お浜の死体は、首売り長屋の住人の手で回向院の墓地の隅に無縁仏として葬られた。長屋に置いておくことはできなかったし、お浜の家族や縁者が知れなかったので、他に方法がなかったのである。

「見世物に連れていきましょうか」

小雪が言った。

いつまでも、長屋で遊んでいるわけにはいかなかったので、刀十郎と小雪は両国広小路に首売りの商売に行くことにしたのである。すでに、小雪はいつもの水色の小袖に朱の肩衣、紫の短袴に着替えていた。

「おとなしくしているかな」

刀十郎は、吉之助に目をやった。

吉之助は、派手な衣装に着替えた小雪を物珍しそうに見ている。まだ、三日前の悲劇が吉之助に暗い影を落とし、母親のおふさを呼ぶこともあったが、めそめそしてはいなかった。それに、用意した食事は嫌がらずに食べたし、小雪や初江になついて、あまえるような素振りを見せたりもした。

「この子、しっかりしてるわ。きっと、おとなしく見ているはずよ。……それに、見物人のなかに、この子を知っている者がいるかもしれないわ」

「そうだな」

家族や縁者が吉之助を目にして声をかけてくるかもしれない、と刀十郎も思った。

「吉之助、いっしょに行く？」

小雪が訊くと、
吉之助が、コクリとうなずいた。

小雪は吉之助を呼び捨てにしていた。まだ、幼かったし、それだけ親しみを持ったからである。

刀十郎と小雪は、吉之助を連れて両国広小路にむかった。小雪が吉之助の手を引いてやった。三人の姿は、仲のよい夫婦とその子供のように見える。

両国広小路のいつもの楊弓場の脇に着くと、刀十郎と小雪はさっそく獄門台を組み立て、籠のなかから布でつつんだ生首をひとつ取り出して台の上に置いた。

「これ、何?」

吉之助が、恐る恐る小雪のそばに来て訊いた。怯《おび》えたような顔をしていたが、目には好奇の色があった。

「生首よ。でも、人形だから怖くないわ」

そう言って、小雪が血に染まった極悪人らしい男の顔を手で撫《な》でてみせた。

すると、吉之助もちいさな手を伸ばし、人形の顔に指先で触れながら、

「怖くない」

と、目を剝いて言った。

つづいて、小雪は苦しげに顔をしかめている女の生首を取り出して台の上に置いた。

その間に、吉之助は台の下にもぐり込み、真ん中の穴を下から覗き、

「この穴は?」

と、訊いた。

「そこから、刀十郎さまが首を出すの」

「首を出すのだな」

そう言って、吉之助は穴の下で背伸びしたが、背が低いため芥子坊主の頭頂が出ただけである。

吉之助は背伸びしたり、跳び上がったりしたが、顔が出ないので諦《あきら》めたらしく、片手を穴から出して握ったりひらいたりしていた。

すると、台の向こうで、笑い声が起こった。通りすがりの者が数人、台の前で足をとめて獄門台の方に目をむけている。台から突き出したちいさな手が、結んだりひらいたりしているのを見て、笑っているようだ。初めは奇異に感じたようだが、子供がやっていると分かり、笑いだしたのである。凄惨な生首と幼児のかわいい手の仕草が、あまりに対照的で、おかしさを誘ったようである。

「小雪、おまえの口上より、客が集まりそうだぞ」

刀十郎が笑いながら言った。

「そうね。客集めは、吉之助に頼もうかしら」

小雪も笑みを浮かべて言った。

そうは言っても、小雪が口上を述べて客を集め、やり方を話さなければ商売にならない。

「吉之助、ここで、見ていて」

小雪は、籠のなかに入れてきたちいさな木箱を獄門台の脇に置いて、吉之助を腰掛けさせた。

吉之助はおとなしく木箱に腰を下ろし、小雪と台の下にもぐり込んだ刀十郎に目をむけている。

「さァ、さァ、見てごらんなさい。これは、獄門台の生首だよ。……この首が、何と百文。斬るなり、突くなり、勝手だよ……」

小雪が、いつものように声を張り上げて客を集めだした。

その口上を聞きつけて、通行人がひとり、ふたりと獄門台の前に集まってくる。

いつもより、客の集まりがいいようだ。吉之助がいるせいなのか、ここ数日、商売に来なかったせいなのか、いつになく大勢の人垣ができた。

「さァ、刀、槍、薙刀、なんでも、好きな武器《えもの》を遣っておくれ。三十文出せば、これをお貸ししますよ」

小雪が背負ってきた籠を指差した。籠のなかに拵《こしら》えの粗末な刀、槍、薙刀、木刀などが、入れてあった。

「よし、おれがやるぜ」

大柄な男が見物人のなかから出てきた。黒の丼《どんぶり》(腹掛けの前隠し)に股引《ももひき》。大工か鳶《とび》といった感じの男だった。げじげじ眉で、浅黒い肌をしたいかつい顔の主である。

「武器は何にします」

小雪が訊いた。

「槍だ」

男は籠のなかの槍を手にした。

「三十文、いただきますよ。それに、首代、百文」

「よし」

男は首にぶら下げた巾着《きんちゃく》を取り出すと、銭をつかみ出し、百三十文を小雪に手渡した。

小雪から槍を手渡されると、男は槍を三度しごき、獄門台から首を出した刀十郎の前に立った。そして、槍の峰《きつさき》を刀十郎の前に突き出した。男の構えはへっぴり腰だったが、峰が刀十郎のすぐ目の前に迫っていた。顔との間は、二尺ほどしかない。生首役の刀十郎が目をあけた。自分にむけられた槍の峰を見つめている。表情はまったく変わらない。ただ、眼光が鋭さを増したように見えるだけである。

ざわついていた観客たちが、急に静まった。だれの目にも男が槍術《そうじゅつ》を心得ているようには見えなかった。ただ、生首と峰の間があまりに近い。このまま突き出せば、素人でも刺せると思ったのであろう。

ヤアッ！　ヤアッ！

男が甲走った声を上げ、槍を突き出す気配を見せた。

刀十郎はまったく表情を動かさなかった。ただ、峰を見つめているだけである。まるで、本物の人形のように見えた。

ふと、刀十郎が目を細めた。刀十郎は気を鎮めて、男が槍をくりだす瞬間を感知しようとしたのだ。槍を構えた男には、獄門首が笑ったように見えたかもしれない。

ヤアアッ！

突如、男が大声を出し、槍を突き出した。

峰が顔に刺さった！

だれの目にもそう見えた瞬間、刀十郎の顔が掻《か》き消え、槍の峰は空を突いた。

男は驚いたような顔をして槍を引いた。男も、顔を突いたと感じたにちがいない。

それが、顔が掻き消えて槍はむなしく空を突いたのだ。

これが、刀十郎の術だった。初めから首をひっ込めては何のおもしろみもない。だれの目にも、突かれたと見える瞬間まで顔を出しておき、間一髪で首を下げて槍の刺撃をかわすのだ。それが、目に見えないほど迅い。剣で鍛えた一瞬の迅技である。大道芸というより、剣技といった方がいいだろう。

ぬっ、と刀十郎が獄門台から顔を出した。

顔に笑みを浮かべ、

「おぬし、町人のようだが、槍の修行をしたことがあるのか」

と、訊いた。いつものことである。相手を褒めてやって、顔を立ててやるのだ。

「槍の修行だと。やったことなど、あるものか」

男が顎を突き出すようにして言った。

「それにしては、いい腕をしている。おぬしの槍捌きを見て、五年は槍の稽古をしたと思ったがな」

刀十郎が、もっともらしい顔をして言った。

「へん、槍を手にするのも初めてよ」

男が胸を張った。得意そうな顔をしている。

そこへ、小雪が男に歩み寄り、

「ほんと、いい腕」

と言って、男から槍を受け取った。

「おもしろかったぜ」

男は満足顔で人垣のなかへ引き下がった。

「さァ、お次の方はいませんか。腕試しに気鬱晴らし、たったの百文だよ」

小雪が、あらためて集まっている見物人たちに声をかけた。

それから、半刻（一時間）ほど過ぎたとき、刀十郎は人垣のなかにいるひとりの武士を目にとめた。

初老の武士だった。さっきから凝《じっ》と、獄門台の脇に腰を下ろしている吉之助を見つめている。

……あやつ、吉之助と何かかかわりがありそうだ。

と、刀十郎はみた。

ただ、武士は人垣の間から吉之助を見つめていただけで、近寄りもしなかった。

それからしばらくして、見物人がすくなくなると、武士も姿を消した。刀十郎は、武士が何のために吉之助を見ていたのか分からなかった。

その日、刀十郎たちはいつもより早めに首売りの商売をやめた。思ったより稼ぎが多かったし、吉之助も飽きてきて、木箱から離れ、見物人の間を歩きまわるようになったからである。

6

早朝、刀十郎は戸口に並べてある盆栽に水をやっていた。井戸から手桶《ておけ》に水を汲《く》んできて、盆栽にやるのが刀十郎の朝の日課である。

刀十郎の道楽は、盆栽だった。ただ、刀十郎が世話しているのは、盆栽というより苗木だった。素焼きの鉢やちいさな木箱などに、松、欅《けやき》、梅、山紅葉《やまもみじ》、木瓜《ぼけ》、銀杏《いちょう》などの若木が植えられ、所狭しと並べられている。

一本立ち、二本立ち、株立ちなど、将来の樹形を見越して植えられているが、木は自然のままである。

刀十郎は鋏《はさみ》を遣って枝を落としたり、添え木や針金を遣って樹形をととのえたりすることを好まなかった。自然のままでも、それぞれの木々の持つ美しさは十分味わえると思っていたのだ。

刀十郎が盆栽に興味を持ったのは、故郷《くに》から江戸へ発《た》つおり、実家の庭の隅で綺麗に紅葉していた山紅葉を目にしたときだった。

そのとき、刀十郎は樹齢を重ねた山紅葉を見ながら、

……二度と、この紅葉を目にすることはできないかもしれぬ。

と、思った。

そして、何気なく山紅葉の根元を見ると、五寸ほどの幼木が生えていた。山紅葉が種を落として芽吹いたのである。糸のように細い枝先に葉がついていた。親木とまったく同じように綺麗に紅葉している。

……この木を江戸へ持っていこう。

と、刀十郎は思った。この幼木を持っていけば、江戸の地にいても実家の庭の山紅葉を見ることができるのだ。

刀十郎は幼木を掘り、布につつんで袂《たもと》に入れた。そして、江戸に着いてから、ちいさな素焼きの鉢に幼木を植えたのだ。

その後、刀十郎は山紅葉の世話をしながら、近所の雑木林や寺社の境内《けいだい》に植えられた樹木の下などで、自然に芽吹いている幼木を見つけて持ち帰り、鉢や木箱に植えて育てるようになったのである。

小雪といっしょになったおり、

「若いのに、妙な道楽ね」

そう言って、小雪は笑ったが、刀十郎の好きなようにやらせていた。もっとも、色事や賭《か》け事とちがって、金もかからず身を持ちくずすようなこともないのだから、妻にすれば、こんな有り難い道楽はないのかもしれない。

刀十郎が鉢や木箱の土の乾きぐあいをみながら、柄杓《ひしやく》で水をやっていると、後ろでちいさな足音が聞こえた。

「小父《おじ》ちゃん、何してるの？」

吉之助だった。

「水をやっているのだ」

「木が水を飲むのか」

「まァ、そうだ。……吉之助もめしを食ったり、水を飲んだりするだろう。木も草も、同じさ」

言いながら、刀十郎は梅の根元に水をかけてやった。

「ふうん、木も水を飲むのか」

吉之助は、戸口に屈《かが》んで鉢植えに目をやっている。

そのとき、路地木戸の方から近付いてくる足音が聞こえた。見ると、羽織袴姿の武士がふたり、こちらに歩いてくる。

……あの男だ!

刀十郎が両国広小路で首売りの商売をしていたとき、人垣の間から吉之助に目をむけていた初老の武士である。

もうひとりは若い武士だった。中背で、肩幅がひろく腰が据わっていた。剣の修行で鍛えた体のようである。

「吉之助、なかに入れ」

刀十郎は、押し込むようにして吉之助を家のなかに入れた。ふたりの武士が、吉之助のことで来たことを察知したからである。

「島田刀十郎どのでござろうか」

初老の武士が訊いた。面長で、鼻梁が高く、顎がとがっていた。口元に微笑が浮いていたが、細い目には刺すようなひかりが宿っている。ただ、腰がすこしまがり、腰の二刀が重そうだった。おそらく、武芸などとは縁のない暮らしをしているのだろう。

「いかにも」

「それがし、渋川泉右衛門《しぶかわせんえもん》にござる。ゆえあって、名だけでご容赦いただきたい」

渋川は丁寧な物言いをした。敵意はないようである。

つづいて、若い武士が、松山真之助《まつやましんのすけ》と名乗った。

「して、ご用の筋は?」

刀十郎が訊いた。

「いま、ここにおられた吉之助さまのことでござる。……おりいって、そこもとに相談がござる」

渋川は腰高障子に目をむけて言った。

「むさ苦しいところだが、なかに入ってくれ」

刀十郎は、ふたりに敵意がないことを見て取り、家に入れることにした。それに、長屋の向かいに住む住人が数人、戸口に立って不審そうな目をむけていたのだ。

家のなかには、小雪と吉之助がいた。ふたりは、座敷の隅の火鉢の向こうに座っていた。火鉢にかかった鉄瓶から、白い湯気が立ち昇っている。

渋川と松山は土間に入り、吉之助と小雪を見ると、ちいさく頭を下げた。吉之助の顔には不安そうな色があった。どうやら、ふたりの武士は、吉之助と親しく接する立場ではないらしい。

渋川たちは上がり框に腰を下ろした。

刀十郎は座敷に上がり、渋川たちのそばに腰を下ろすと、

「話を、うかがおうか」

と、あらためて言った。

「われらは、さる家に仕える者たちでござる」

渋川が言った。

「吉之助と、かかわりのある家だな」

「いかさま。……ただ、吉之助さまは、別の家で暮らしておられたので、われらのことは知らぬはずでござる」

「そのようだな」

吉之助が、ふたりのことを知っていれば、別の反応をしたはずである。

「実は、われらがお仕えしている家に騒動があり、吉之助さまを連れ去ろうとしている者たちがおるのです」

渋川が、そう言って刀十郎に顔をむけた。

渋川はお家騒動と言ったが、大名家とも思えなかった。とすると、大身《たいしん》の旗本であろうか。

「それで？」

刀十郎は話の先をうながした。

「しばらく、吉之助さまをここに匿《かくま》い、身を守ってはいただけまいか」

「匿ってくれと言われてもな」

刀十郎は、言葉につまった。藪《やぶ》から棒に、吉之助を匿い身を守れと言われても、返答のしようがなかったのだ。

「ご無理は、重々承知してござるが、なんとか承知していただけまいか」

渋川の顔に苦悶《くもん》の色が浮いた。

「事情も分からず、引き受けるわけには……」

「そこを何とか」

「吉之助を助けたおり、お浜なる娘がいっしょにいて殺されたが、そのことはご存じか」

刀十郎が水をむけた。

「承知してござる。お浜は、吉之助さまとおふささまにお仕えしていたのでござる。吉之助さまを攫《さら》おうとした一味にお住まいを襲われたおり、咄嗟《とっさ》にお浜が吉之助さまを連れ出したのですが、途中で追いつかれ、斬られたようです。……そこもとたちが通りかかり、吉之助さまを助けていただいたお蔭《かげ》で、敵の手に落ちずに済んだのでござる」

渋川が話した。

「うむ……」

そういえば、神田川沿いで見かけたとき、お浜は追っ手から逃れようとしていた。

「お浜には、かわいそうなことをしました」

渋川は視線を膝先に落とした。

「吉之助が何者かに狙《ねら》われていることは分かったが、何もこのような長屋に匿うこともないと思うがな。そこもとたちのなかには、腕の立つご仁がおられるようだし……」

刀十郎は、松山に目をむけた。松山には、剣の遣い手らしい隙のなさと落ち着きがあったのだ。

「われらの身辺には、敵の目があるのです。それに、われらだけでは吉之助さまを守り切れぬのです」

松山が言った。

「うむ……」

刀十郎は迷った。見ず知らずの刀十郎たちに、吉之助を匿い身を守ってくれというのは理不尽のように思えたが、かといって吉之助を放り出す気にもなれなかった。

……吉之助は迷子なのかもしれない。

その迷子を、刀十郎と小雪が長屋に連れてきたのである。吉之助は、刀十郎と小雪になついていた。長屋の住人たちも親身になって、吉之助の親探しに歩きまわってくれている。

何とか、親の許に帰してやりたいのだが——。

「長い間では、ござらぬ。一月《ひとつき》ほどすれば、騒動にも目途《めど》が立つはずでござる」

「一月ほどか」

「いかさま」

「うむ……」

刀十郎は、まだ迷っていた。

「それに、相応の礼はいたす」

そう言って、渋川はふところから袱紗《ふくさ》包みを取り出した。

刀十郎の膝先に出された袱紗包みには、そのふくらみぐあいから見て切《き》り餅《もち》が四つ包んでありそうだった。

切り餅ひとつが二十五両。都合百両ということになる。刀十郎と小雪にとってもそうだが、首売り長屋の住人にとっては、目にすることもできないような大金である。おそらく、この金は渋川たちが仕えている者から出たのであろう。

「一月ほどなれば、承知いたそう」

刀十郎は袱紗包みに手を伸ばした。

刀十郎の胸の内には、長屋の住人たちのことがあった。吉之助の親を探すために、江戸市中を聞き歩いているのだ。この金があれば、そうした住人たちに日当を出せると思ったのである。

「もうひとつ頼みがござる」

渋川が言った。

「まだ、あるのか」

刀十郎は手にした袱紗包みを膝の上に置いた。渋川の話によっては、金は返さねばならないと思ったのだ。

「いや、たいしたことではござらぬ。……一昨日、そこもとたちが広小路で商売をしているのを見ておりました。そのさい、吉之助さまも同道されたようだが、あれは困る」

渋川が困惑したような表情を浮かべた。

「…………」

「あれでは、敵に吉之助さまがここにいると知らせているようなものでござる。……何とか、長屋から出ぬようご配慮いただけまいか」

渋川が声をつまらせて言った。

「もっともだな」

吉之助を賑やかな人出のなかへ連れていけば、敵の目に晒すことになるだろう。

「重ねて、ご無理な願いを聞いていただき、かたじけのうござる」

渋川は刀十郎につづき、上体をひねって小雪にも頭を下げた。

小雪は何も言わなかった。吉之助の脇に座したまま戸惑うような顔をしている。

「ときおり、吉之助さまのご様子を見にうかがいます。何かありましたら、そのおりにお知らせくだされ」

そう言って、渋川が腰を上げると、松山も立ち上がった。

ふたりが戸口から出ていくのを見送ると、

「おまえさん、とんだことになったわね」

小雪が刀十郎のそばに来て膝を折った。

すると、吉之助も小雪についてきて刀十郎の脇に座り、小雪と刀十郎の顔を見上げている。

「だが、この子を長屋から放り出すことはできないからな」

刀十郎は首をまわして吉之助に目をやった。吉之助は、丸い目を見開いて刀十郎を見つめている。

……澄んだ眸《め》をしている。

と、刀十郎は思った。どのような騒動に巻き込まれたのか知らないが、この子には何の罪もないだろう。

「いいわ。この子を、ふたりで守ってやりましょうよ」

小雪が、吉之助の肩に手をまわして抱き寄せた。

7

刀十郎は袱紗包みをふところに入れて、宗五郎の家にむかった。ともかく、事情を宗五郎に話しておこうと思ったのである。

宗五郎の家の腰高障子はしまっていた。ふたりの声も聞こえてこなかった。まだ、寝ているのであろうか。すでに、陽は高かった。五ツ半（午前九時）を過ぎているだろう。

……ぐあいでも悪いのかな。

刀十郎は腰高障子に身を寄せて、なかの様子をうかがった。

夜具を動かすような音と女の低い呻き声が、かすかに聞こえてきた。

刀十郎は初江の具合が悪いのか、と思い、

「義父上《ちちうえ》、義父上……」

と、腰高障子越しに声をかけた。

すると、呻き声がハタとやみ、おまえさん、刀十郎さんだよ、という初江の慌てたような声が聞こえた。

「待て！　刀十郎、しばし、待て」

家のなかで、宗五郎の声がひびき、つづいて慌ただしく夜具を畳む音や床を踏む音などが聞こえた。

……ふたりとも、お元気なようだ。

刀十郎は口元に笑みを浮かべ、家のなかが片付くのを待った。

いっときすると、家のなかが静かになり、

「刀十郎、入ってもいいぞ」

と、宗五郎の声がした。

腰高障子を開けると、正面に宗五郎が口をへの字にひき結んで座していた。顔が上気したように赭黒く染まり、白髪の混じった髷や鬢が乱れていた。思ったとおり、房事の最中だったらしい。

初江を見ると、土間の流し場に立って刀十郎に背をむけていた。髪が乱れ、白いうなじが朱を刷《は》いたように染まっている。

朝から、ふたりで色事を楽しんでいたようである。宗五郎は剣の達人で人柄もいいのだが、どういうわけか好色だった。

「お邪魔でしたか」

刀十郎が小声で言った。

「い、いや、初江にせがまれてな、やむなく……」

宗五郎が、さらに顔を赤くして言った。

「嫌ですよ、あたしのせいにしちゃァ。おまえさんが、無理やり……」

初江が背をむけたまま言った。

「ところで、刀十郎、何の用だ。まさか、朝から閨事《ねやごと》を覗きに来たわけではあるまい」

宗五郎が声をあらためて訊いた。

「いえ……。義父上のお耳に入れておきたいことがありましてね」

「なんだ？」

「実は、さきほどふたりの武士が、わたしの家を訪ねてきたのです」

刀十郎は、ふたりの武士の名と吉之助にかかわるやり取りをかいつまんで話した。

「渋川泉右衛門と松山真之助か。初めて聞く名だな」

どうやら、宗五郎もふたりのことは知らないようだった。

刀十郎と宗五郎が話し始めると、初江が、お茶でも淹《い》れましょうか、と言って、茶道具を持って、座敷へ上がってきた。火鉢の鉄瓶に湯がわいているらしい。

「それで、一月ほどの間、吉之助を長屋で匿ってやることにしたのです」

刀十郎が言った。

「そうか、仕方あるまいな」

宗五郎は、ちいさくうなずいた。

すると、初江が急須で湯飲みに茶をつぎながら、

「吉之助は、どんな家の子なんでしょうね」

と、小声で訊いた。初江も、興味があるらしい。

「大名家ということはあるまいな。……大身の旗本であろうか。渋川と松山は、旗本に仕える家士かもしれん」

「わたしもそうみました」

そう言って、刀十郎はふところから袱紗包みを取り出した。

「それは？」

「渋川どのが、礼だと言って置いていきました。百両あります」

「ひや、百両！」

声を上げたのは、初江だった。急に手が震えだし、急須が揺れている。目の前の百両が、初江を動転させたらしい。

「は、初江、茶がこぼれておる、茶が……」

宗五郎が渋い顔をして言った。

初江は慌てて茶をつぐのをやめ、急須を盆に置いてしまった。ペタリと座敷に尻を落とし、目を剝いている。

「それで、その金はどうするつもりだ」

宗五郎が訊いた。

「義父上にまかせようと思い、持参しました」

「なに、わしに？」

「はい、小雪とも相談しましたが、親身になって吉之助の親を探してくれている長屋の者たちに、日当を払ったらどうかと思いましてね」

「それがいいな」

「大家である義父上から、うまく分けてください」

「分かった。……だが、分けるといっても大金過ぎるぞ。……それに、礼金なら、おまえたちふたりが貰ってしかるべきだ」

宗五郎がそう言うと、

「そうですよ。ふたりの暮らしの足しにしなさいな」

　初江が言い添えた。

「大金過ぎます」

「欲のない夫婦だ。……ならば、切り餅ひとつだけでも貰っておけ」

　宗五郎は袱紗包みをひろげ、切り餅ひとつを刀十郎の膝先に置いた。

「では、いただきます」

　刀十郎は、切り餅ひとつを袂に落とした。刀十郎にしても、吉之助を長屋に置いて首売りの商売に出られないので、多少の金は必要だったのだ。

　それから刀十郎は茶を飲みながら、吉之助を匿う方法を宗五郎と話した。結局、刀十郎と小雪の子のように見せかけて、いっしょに暮らすのが一番だろうということになった。

「あたしが、吉之助の着る物を用意しますよ。長屋の子らしくしないとね」

　初江が張り切って言った。刀十郎と小雪に子ができたような浮き立った気分になったのかもしれない。

第二章　たぐり突き

1

首売り長屋の宗五郎の家に、五人の男が集まっていた。宗五郎、刀十郎、歯力の権十《ごんじゅう》、短剣投げの彦次《ひこじ》、それに剣呑みの仙太である。

すでに、宗五郎は刀十郎から預かった金を長屋の主だった男たちに分けていた。男たちは宗五郎と刀十郎が吉之助を長屋で匿うことになった経緯《いきさつ》を聞き、大金を目にすると、だれもが二つ返事で、吉之助を匿うことを承知したのだ。

むろん金もあったが、長屋の男たちには、吉之助も長屋の子として守ってやろうという気持ちがあったのである。

行灯《あんどん》に浮き上がった五人の顔には、憂慮の翳《かげ》があった。五人の膝先には、初江が用意した貧乏徳利の酒と湯飲みが置いてあったが、五人ともほとんど湯飲みに手を出さなかった。酒を飲む気になれなかったのである。

初江は家にいなかった。酒の用意をした後、男たちに遠慮して小雪の許《もと》へ行ったのである。

「まず、仙太から話してくれ」

宗五郎が言った。

「昨日、あっしは、浅草寺《せんそうじ》の境内で、見世物をしてたんでさァ」

仙太がそう切り出して話し始めた。

境内で剣呑みの見世物を終えた後、その場に残って数人の男の客に、吉之助、お浜、おふさの名を出して、噂を耳にしたことはないかそれとなく訊いたという。

どの男も首を横に振るばかりだったが、最後に訊いた船頭らしい男が、

「おふさという女が玉の輿《こし》に乗って、男の子を産んだという噂を聞いた覚えがありやすぜ」

と、口にした。

仙太は、おふさが吉之助の母親だろうと思い、

「おふさの相手はだれだい」

と、意気込んで訊いた。

「分からねえなァ。もう、五、六年も前《めえ》の話だからよ」

男は首をひねりながら言った。

「子供の名は？」
五、六年前なら、吉之助と歳も合う。
「子供の名も分からねえ」

「おふさは、どこの娘だったんだい」

仙太は、おふさの実家が知れれば嫁ぎ先も分かるとみた。

「駒形町《こまがたちょう》の料理屋で、女中をしていたと聞いたような気がするが……」

男は語尾を濁した。はっきりしないらしい。

「何てえ料理屋だ」

「覚えてねえな。……料理屋か船宿かもはっきりしねえんだからな」

男はそれだけ話すと、いつまでも、油を売っちゃァいられねえ、と言い残し、仙太から離れていった。

「あっしが聞いたのは、それだけでさァ」

仙太が集まった男たちに視線をやって言った。

「それだけでも、だいぶ絞れてきたではないか」

刀十郎は、駒形町の料理屋か船宿に絞って聞き込めば、おふさの嫁ぎ先が分かるのではないかと思ったのだ。

「ただ、わしが気にしているのは、その先なのだ。……仙太、浅草寺からの帰りの様子をもう一度話してくれ」

宗五郎が話の先をうながした。

「へい、あっしは、浅草寺からの帰《けえ》りに大川端を通りやした」

仙太が話しだした。

諏訪町《すわちよう》まで来たとき、突然、後ろから来たふたりの武士に呼びとめられたという。

三十がらみと思われる武士が笑みを浮かべ、

「町人、さきほど、吉之助のことを話していたな」

と、おだやかな声で訊いた。

「へえ、まァ、ちょいと……」

仙太は言葉を濁した。ふたりの正体が知れなかったので、迂闊《うかつ》に話してはまずいと思ったのである。

「おれは、吉之助という子の噂を聞いたことがあるのだがな」

武士が言った。

「ほんとですかい」

思わず、仙太が声を上げた。

「会ったことはないが、いろいろと知っておる」

「そ、それで、吉之助の親の名を知ってやすか」

仙太が、声をつまらせて訊いた。

「その前に、おまえはどうして吉之助のことを知っているのだ」

「ちょいと、わけありでしてね。吉之助の親のことが知りてえんでさァ」

仙太は用心して、吉之助が長屋にいることは口にしなかった。

「そうか。……吉之助の親は、藤兵衛《とうべえ》と聞いているぞ」

武士が目を細めて言った。

「藤兵衛……。町人ですかい」

「そうだ。米問屋のあるじらしいぞ」

「米問屋ね」

嘘《うそ》だ！　と、仙太は直感した。

仙太も、吉之助の父親は町人ではなく武士だと承知していたのである。この武士は、口から出まかせに、藤兵衛の名を口にしたにちがいない。

仙太は、ふたりの武士が吉之助の行方をつきとめるために仙太に近付いてきたのではないかと気付き、急に怖くなった。下手《へた》をすれば、バッサリやられかねないと思ったのだ。

「旦那、米問屋をまわってみやすよ」

仙太はふたりの武士に頭を下げ、逃げるようにその場を離れた。

「それで、どうしたのだ？」

歯力の権十が訊いた。

歯力というのは、重い物を歯でくわえて持ち上げてみせる芸である。当然のことだが、並の重さの物を持ち上げてみせても客は集まらない。こうした単純な芸は、観客をアッと驚かせるような超人的な力を見せねばならないのだ。

権十は大盥《おおだらい》のなかに子供を入れ、盥の端をくわえて持ち上げることができた。歯が丈夫なことはもちろんだが、権十は怪力の主でもあったのだ。

宗五郎や長屋の住人は、権十に特別な信頼を寄せていた。これまで、長屋で起こった難事に対し、刀十郎や宗五郎と力を合わせて住人たちを救ってくれたからである。

権十はただの芸人ではなかった。六尺を超える巨漢の上に、柔術を身につけていたのだ。しかも、出自は刀十郎や宗五郎と同じように武士である。

権十の父親は旗本に奉公する若党で、権十が子供のころ近所の田宮流柔術の道場に通わせてくれたそうである。

「あっしは怖かったので、小走りに長屋に帰ったんでさァ」

仙太が言った。

ふたりの武士から離れて茅町まで来たとき、仙太は気になって後ろを振り返ってみたという。

ふたりの武士の姿があった。一町ほど後ろから尾《つ》けてくる。

……長屋を知られちまうぜ！

仙太はそう思い、近くの裏路地に駆け込んだ。そして、細い裏路地や空き地などを走り抜けてから後ろに目をやると、ふたりの武士の姿はどこにもなかった。

「何とか、この長屋のことは知られずに済みやした」

仙太が男たちに言った。

「まァ、そういうことだ」

宗五郎が言い添えた。

次に口をひらく者がなく、座は重苦しい沈黙につつまれていた。

「それで、あっしらを呼んだわけは？」

彦次が宗五郎に訊いた。

彦次は二十代半ば、半年ほど前に首売り長屋に越してきた男で、まだ独り者だった。瘦身《そうしん》で、すこし猫背である。丸顔で、狭い額に横皺が寄っていた。猿のような顔をしている。

彦次は短剣投げの名手だった。五間ほど先に置いた柿の実に当てることができる。いまは、堂本が座頭をしている両国広小路にある見世物小屋に出ていた。

宗五郎は、彦次の短剣投げはいざというとき大変な戦力になるとみて、この場に呼んだのである。むろん、彦次も刀十郎や権十などが剣術や柔術を遣って、長屋のために力をふるっていることは知っていた。

「ちかいうちに、敵が吉之助を連れ去るために長屋へ踏み込んでくるとみている」

宗五郎が言った。

仙太の跡を尾けた敵は、吉之助が茅町界隈《かいわい》に身を隠していると読んだであろう。しかも、仙太が大道芸人であることも知っているはずだ。おそらく、敵は茅町で聞き込むだろう。そうすれば、首売り長屋のことはすぐに分かるのだ。

「おれも、そう思う」

権十が言い添えた。

「それでな、しばらくの間、仕事を早めに切り上げて陽が沈む前に長屋に帰ってきてもらいたいのだ」

宗五郎は、敵がひとりかふたりなら宗五郎と刀十郎で撃退できるが、腕の立つ者が数人で襲ってくると、吉之助を奪われるだろうとみていた。それに、長屋の住人が下手に手を出すと斬殺される恐れがあったのだ。

「承知した」

権十が言うと、彦次もうなずいた。

宗五郎の話が一段落したとき、

「仙太は、ふたりの武士を目の前で見たのだな」

刀十郎があらためて訊いた。

「すぐ前で見やした」

「どんな男だった？」

刀十郎は、神田川沿いでお浜を斬ったふたりの武士かどうか確かめたかったのだ。

「あっしに話しかけたのは、顔が長くて鼻の高《たけ》えやつでしたぜ」

仙太が言った。

「そのふたり、吉之助を連れ去ろうとした一味とみて、まちがいないようだ」

刀十郎は、吉之助を抱え上げようとした武士だろうと思った。

「もうひとりは？」

「中背で、妙に首の太いやつでしたぜ。……鳶みてえな目をしてやした」

仙太が、そいつは何も言わずに立っていただけだと言い添えた。

「別人のようだ」

刀十郎に挑んできた武士は、大柄で眉の濃い男である。仙太が見たのは、別の武士のようだ。となると、敵は武士だけで、すくなくとも三人いることになる。

「思ったより、強敵かもしれんな」

宗五郎が、つぶやくような声で言った。

2

バタバタ、と慌ただしく戸口に駆け寄る音がし、腰高障子の向こうで、大変だ！　という男の叫び声が聞こえた。何かあったらしい。刀十郎は茶を飲んでいた湯飲みを脇に置いて立ち上がった。

そばにいた小雪と吉之助も、不安そうな顔で刀十郎を見上げている。

「刀十郎の旦那！」

という声と同時に、表の腰高障子が勢いよくあけられた。

顔を出したのは、飽のにゃご松だった。猫の目かずらは外していたが、法衣に手甲脚半姿だった。

「どうした、にゃご松」

「や、殺《や》られた！　人形の三助《さんすけ》が」

にゃご松が、声をつまらせて言った。

「殺されたのか」

人形の三助は、首売り長屋に住む大道芸人のひとりだった。手につけた人形に細いばちを持たせ、首からつるしたちいさな太鼓をたたかせり、おもしろおかしい話に合わせて巧みにあやつったりして、観客を楽しませる大道芸人だった。

三助は、吉之助とおふさのことを探るために、浅草界隈に出かけていたはずである。

「へい、胸を刃物でやられたようでさァ」

「場所は、どこだ」

刀十郎は、刀を手にして土間へ下りた。

「黒船町の大川端で」

浅草黒船町は、諏訪町の隣町で大川の川下にあたる。

「行くぞ」

刀十郎は、小雪に吉之助を家から出さないように言い置いて、外に飛び出した。

宗五郎の家の前を通りながら、にゃご松に宗五郎にも知らせたのか訊くと、仙太が知らせたとのことだった。家のなかは、ひっそりしていた。宗五郎は先に現場に駆けつけたのであろう。

刀十郎とにゃご松は、茅町の通りをたどって千住街道へ出た。

すでに、暮れ六ツ（午後六時）を過ぎていた。陽は西の家並の向こうに沈み、表店の軒下や樹陰には夕闇が忍び寄っていた。いつもは賑わっている千住街道も人影はまばらだった。通り沿いの表店は、大戸をしめて店仕舞いしている。

刀十郎たちは浅草御蔵の前を過ぎ、黒船町に入るとすぐ、右手の路地へまがった。大川端に突き当たるはずである。

大川端は淡い暮色に染まっていた。川面に無数の波の起伏を刻みながら、両国橋の彼方まで広漠とつづいている。

日中は猪牙舟《ちょきぶね》、屋形船、艀《はしけ》などが盛んに行き来しているのだが、いまは何艘《そう》かの猪牙舟が見えるだけだった。流れの音が轟々《ごうごう》とひびいている。

「旦那、あそこでさァ」

にゃご松が、前方を指差した。

大川端の岸際の叢《くさむら》のなかに、人垣ができていた。そこはなだらかな斜面になっていて、丈の高い草でおおわれていた。おそらく、三助は昨夜殺されたのだ。死体が叢に隠れ、なかなか発見されなかったのだろう。

夕闇が辺りをつつみ、立っている男たちの姿が黒ずんで見えた。野次馬たちにまじって宗五郎、巨体の雷為蔵、権十、痩身の彦次などの姿があった。岡っ引きらしい男の姿はあったが、八丁堀同心の姿はなかった。

刀十郎が駆け寄ると、刀十郎の旦那だ、という声が聞こえ、人垣が左右に割れた。だれか分からなかったが、首売り長屋の住人が声をかけたらしい。

宗五郎や権十など数人が、叢のなかに立っていた。その足元に、人影が横たわっている。三助の死体らしい。

「刀十郎、死骸《ほとけ》を見てみろ」

宗五郎がけわしい顔で言った。

刀十郎は宗五郎の脇に立って、死体に目をやった。三助は、仰臥していた。恐怖に顔をゆがめ、口をあんぐりあけていた。白い歯が、何かに嚙《か》みつくように剝きだしになっていた。凄絶《せいぜつ》な死顔である。

細縞《ほそじま》の単衣《ひとえ》の胸のあたりが、どす黒い血に染まっていた。刃物で突かれたらしい。

「匕首《あいくち》か、刀だな」

刀十郎が小声で言うと、

「刀だ」

と、宗五郎が強いひびきのある声で言った。

「匕首なら、これほど深い傷はできん。……切っ先が背から抜けているのだ」

宗五郎が、さきほど死体を横向きにして、背中を覗いてみたのだ、と言い添えた。

「すると、下手人は武士」

「そうみていいな。……しかも、尋常な突き技ではないぞ。相手が町人でも、正面からこれほど深く突き込むのは、むずかしいからな」

宗五郎が低い声で言った。肌が紅潮し、双眸《そうぼう》が底びかりしている。剣客らしい凄《すご》みのある顔である。

「……！」

義父上の言うとおりだ、と刀十郎は思った。下手人は剣の手練《てだれ》とみていいようである。

刀十郎は、神田川沿いでお浜と吉之助を襲ったふたりの武士のことを思い浮かべたが、ふたりともそれほどの遣い手とは思えなかった。あるいは、別人かもしれない。

「ともかく、三助をこのままにはしておけんな」

そう言うと、宗五郎は近くに立っている岡っ引きのそばに歩を寄せた。

浅草界隈を縄張にしている岡蔵《おかぞう》という岡っ引きである。四十がらみ、赤ら顔で、妙に唇の厚い男だった。

「わしは、殺された三助が住んでいる長屋の大家で、島田宗五郎という者だ」

宗五郎が名乗った。

「ヘッヘヘ……。首売り長屋の大家ですかい」

岡蔵の厚い唇の端に嘲笑《ちようしよう》が浮いている。声にも小馬鹿にしたようなひびきがあった。おそらく、宗五郎が大家になる前、首売りの大道芸で口を糊していたことを知っているのだ。

この時代、芸人たちは町人より低くみられていた。なかでも、大道芸人や物貰い芸人は、醜穢《しゆうわい》な風体《ふうてい》で門口に立ったり、滑稽な芸で銭を貰ったりすることから、世間から蔑視されていたのだ。

「下手人の目星はついたかな」

宗五郎は念のために訊いてみた。

「無礼討ちでさァ」

岡蔵が素っ気なく言った。

「無礼討ちだと」

思わず、宗五郎が聞き返した。

「お侍がこいつを斬ったとき、近くにいたやつがいやしてね。……お侍が、無礼討ちにしてくれる、と一声叫んで、グサリ、とやったらしいんでさァ。こいつが、薄《うす》汚《ぎたね》え格好で、通りかかったお侍に突き当たったか、刀の鞘《さや》にでも触ったのとちがいますかね。……まァ、運が悪かったと諦めるしかねえな。こいつは芸人のようだし、相手がお武家じゃァどうにもならねえ」

岡蔵が、ニヤニヤ笑いながら言った。

「うむ……」

宗五郎はムッとしたが、堪《こら》えた。ここで、岡蔵に反発したら、三助の死体を引き取れないとみたからである。

「無礼討ちということなら、下手人の探索をするつもりはないいな」

宗五郎はおだやかな声で言った。

「まァ、八丁堀の旦那も調べねえだろうよ」

「それなら、死骸を引き取らせてもらう。それとも、番屋にでも運んで、あらためて調べなおすかな」

「引き取ってもいいぜ。……懇《ねんご》ろに弔ってやんな。芸人でも、犬猫《いぬねこ》と同じようには扱えねえからなァ」

岡蔵が揶揄《やゆ》するように言った。

宗五郎は岡蔵から離れると、集まっている首売り長屋の男たちに、長屋から戸板と筵《むしろ》を持ってくるよう指示した。

三助は独り暮らしだった。とりあえず、三助の死体を長屋に運び、住人たちの手で弔ってやるのである。

3

翌日、首売り長屋の男たち数人が、三助の殺された大川端へむかった。岡蔵が口にしていた目撃者を探すためである。岡蔵が話したことによると、三助が殺されたとき、近くで見ていた男がいたらしいのだ。しかも、男は侍が、無礼討ちにしてくれる、と叫んで、三助を斬殺したことまで見ていたようなのだ。

大川端で聞き込んだ結果、彦次が目撃者をつきとめた。浜次郎《はまじろう》という船頭だった。浜次郎は三助の一町ほど後ろを歩いていて、そのときの様子を目にしたらしい。

さっそく彦次がそのときの様子を訊くと、

「侍は、いきなり斬りつけたわけじゃァねえんで」

浜次郎が答えた。

「ふたりは、道端に立っていやした。侍が三助ってえ男に何か訊いていたようでさァ。……ところが、いきなり三助が、しゃべれねえ、と声を上げて、その場から逃げようとしたんでさァ。すると、侍が、無礼者！　無礼討ちにしてくれる、と叫んで、だんびらを抜いたんで」

浜次郎によると、三助は侍に川岸に追いつめられて、斬られたという。

「胸を突かれたんじゃァねえのかい」

彦次が訊いた。

「遠目でよく分からねえが、侍が三助の胸元に飛び込むように見えやした」

やはり、正面から胸を突かれたようである。

「それで、その侍の顔を見たのかい」

彦次は下手人の人相を聞き出そうと思った。

「遠くて、顔までは見えなかったな」

船頭によると、侍は羽織袴《はかま》姿で、中背だったという。


刀十郎は彦次から話を聞き、三助を斬ったのは、仙太が見た中背で首の太い武士ではないかと思った。ただ、仙太が目にした武士と一致するのは、中背というだけなので確かなことは分からなかった。

「刀十郎の旦那、あっしは、そいつが、三助から何か聞き出そうとしたんじゃァねえかとみてるんでさァ」

彦次が言った。

「おれも、そう思う」

三助が、しゃべれねえ、と声を上げたのは、武士に訊かれたことを拒否したためだろう。

「三助は、吉之助のことを訊かれたんじゃァねえのかな」

「それしかあるまい」

武士が、無礼討ちにしてくれる、と叫んだのは、通りすがりの者に、そう思わせるために、わざと大声を上げたのであろう、と刀十郎はみた。

「やつら、この長屋に、吉之助がいるとみているのかもしれねえ」

彦次が低い声で言った。

「ちかいうちに、長屋に踏み込んでくるかもしれんな」

三助が話さなかったとしても、吉之助を連れ去ろうとしている一味の者たちが、長屋を襲うのはまちがいないだろう。

「用心しねえとな」

彦次がけわしい顔で言った。


その日、刀十郎は、仙太とふたりで駒形町にむかった。駒形町にある料理屋と船宿をあたり、おふさが女中をしていたという店をつきとめるためである。

千住街道を通って駒形町の大川端に出た刀十郎と仙太は、浜嘉《はまよし》という船宿の前で足をとめ、日暮れ前にこの場所にもどることを約束して別れた。別々に聞き込んだ方が埒《らち》が明くと思ったのである。それに、牢人《ろうにん》と町人がいっしょに聞きまわったのでは、人目を引くだろう。

……とりあえず、この店からあたってみるか。

刀十郎は、浜嘉の暖簾《のれん》をくぐった。

応対に出たのは、女将《おかみ》らしい年増《としま》だった。客とは思わなかったらしく、刀十郎に不審そうな目をむけた。

「つかぬことを訊くがな。この店に、おふさという女中はいなかったかな」

刀十郎は、おふさの名を出して訊いた。

「おふささんねえ……」

女将は首をひねった。思い当たる女中はいないようだ。

「何でも、玉の輿に乗り、身分のある武士といっしょになったそうだ」

身分のある武士といっしょになったと言ったのは、刀十郎の推測である。

「知りませんねえ」

女将は腰を上げ、奥へもどりたいような素振りを見せた。客でもない男の相手をしている暇はないといった様子である。

「この近くで、身分のある武士の出入りするような料理屋はあるかな」

刀十郎は、船宿ではなく料理屋だろう思った。

「この近くでは、玉屋《たまや》さんに喜野屋《きのや》さん、それに、松島屋《まつしまや》さんですかね」

女将は、三店のある場所を口早に話すと、やりかけの仕事がありますから、と言い残し、そそくさと奥へひっ込んでしまった。

まず、浜嘉から近い玉屋へ行ってみた。戸口に顔を出した店のあるじに訊いたが、首を横に振るばかりだった。

あるじによると、浅草寺界隈や駒形町は料理屋、茶屋、船宿などが多く、店の女がかかわる浮いた話はいくらでもあるので、五、六年も前のことなどだれも覚えていないだろうという。

刀十郎は諦めず、喜野屋と松島屋へ行ってみたが、やはりおふさのことを知る者はいなかった。

ただ、まったくの無駄骨でもなかった。松島屋の女将が、

「名は忘れましたが、多鶴屋《たづや》さんに通いで来ていた女中が、身分のあるお旗本の子を身籠《みごも》ったという噂を聞いたことがありますよ」

と、口にしたのだ。

さっそく、刀十郎が多鶴屋がどこにあるか訊くと、女将は駒形堂の近くの大川端だと教えてくれた。

松島屋を出ると、陽は家並の向こうに沈みかけていた。あと、小半刻（三十分）もすれば、暮れ六ツ（午後六時）だろうか。

刀十郎は、今日のところはこれまでにしようと思い、浜嘉の前へもどった。大川端で、仙太が待っていた。

「長屋へもどろう」

刀十郎は歩きながら仙太と話すことにした。夕闇につつまれる前に、長屋へ帰りたかったのだ。吉之助が襲われるのは陽が沈んでからとみていたので、権十や彦次たちと暮れ六ツ前に、長屋へ帰ることにしてあったのだ。

「何か知れたか」

千住街道を足早に歩きながら刀十郎が訊いた。

「それが、何も出てこねえで」

仙太が話したことによると、それらしい噂を口にする者はいたが、おふさと吉之助の名はだれも知らなかったという、

「明日、多鶴屋をあたってみよう」

刀十郎は、歩きながら松島屋の女将から聞いた話をした。

4

多鶴屋は、老舗《しにせ》らしい落ち着いた雰囲気のある店だった。戸口の脇には植え込みと石灯籠《いしどうろう》があり、格子戸の前には飛び石が置いてあった。飛び石のまわりには打ち水がしてあり、暖簾が出ている。

店はひっそりしていた。まだ、客はいないらしい。

「あっしは、裏手にまわってみやすよ」

そう言って、仙太は店の裏口へまわった。下働きの者か包丁人でもつかまえて、話を聞くつもりなのだろう。

格子戸をあけると土間があり、その先が狭い板敷の間になっていた。正面に二階に上がる階段があり、右手が帳場になっているらしかった。人のいる気配がしたが、障子が立ててあったので姿は見えなかった。

「だれか、おらぬか」

刀十郎が声をかけると、帳場で立ち上がる気配がし、障子があいて年配の女が姿を見せた。三十がらみであろうか。子持縞《こもちじま》の着物を粋《いき》に着こなした艶《つや》っぽい女である。

「女将か」

刀十郎が声をかけた。

女は上がり框近くに膝を折り、

「はい、女将のお峰《みね》ですが、お客さまは？」

と、刀十郎の顔を見上げて訊いた。顔に不審そうな色がある。店に来た客とは思わなかったのだろう。

「おれの名は、田島十郎《たじまじゅうろう》。この店にいたおふさの旦那の遠縁にあたる者だ」

刀十郎は、咄嗟に頭に浮かんだ偽名を口にした。遠縁にあたる云々《うんぬん》も嘘である。

「田島さま……」

お峰は小首をかしげた。まったく、覚えのない名なのであろう。

「五、六年前まで、この店におふさという女中がいたであろう」

「は、はい……」

「おふさは、さる旗本の子を身籠ったはずだ」

刀十郎の方から、知っていることを口にした。お峰から話を聞き出すためである。

「すると、お侍さまは、清水《しみず》さまの遠縁のお方……」

お峰が、また刀十郎の顔を見た。

「そうだ」

どうやら、旗本の名は清水らしい。だが、清水だけで、特定するのはむずかしいだろう。清水という姓は、けっこう多いはずだ。

「それで、お話というのは？」

お峰が訊いた。

「おふさの子が、吉之助という名であることを知っているか」

「はい、一度、おふささんと通りで出会ったとき、名を聞きました」

お峰の顔から、不審そうな表情が消えた。刀十郎が、吉之助という名を口にしたので信用したらしい。

「大きい声では言えないのだが、吉之助の行方が知れなくなったのだ。何者かに連れ去られたらしい」

刀十郎が、お峰に身を寄せて小声で言った。

「まァ……」

お峰が驚いたように目を剝いた。

「それで、この店の者が吉之助の行方を知らぬかと思い、訪ねてきた次第なのだ」

「し、知りません」

お峰が声をつまらせて言った。

「吉之助はどこに連れていかれたのか、女将に心当たりはないか」

「本郷にある清水さまのお屋敷にも、いないのですか」

お峰が訊いた。

「本郷の屋敷にもいないのだ」

どうやら、清水の屋敷は本郷にあるらしい。本郷に屋敷があり、清水という名の大身の旗本を探せば、おふさの相手が分かるだろう。

「おふささんのいる田原町にも、いないんですか」

お峰が念を押すように訊いた。

「いないのだ」

おふさは、浅草田原町に住んでいるらしい。だいぶ、様子が知れたきた、と刀十郎は胸の内でほくそ笑んだ。

「それじゃァ、分からないわねえ」

お峰は首をひねった。

「そうか、分からんか」

刀十郎は、おふさの住まいは田原町のどこにあるのか訊こうとして思いとどまった。これまで話してきたことが、嘘だと分かってしまう。それに、長屋の者たちが田原町を当たればつきとめられる、と踏んだのだ。

刀十郎は話題を変え、それとなくおふさの家族のことを聞いたが、横山町に住んでいるらしいことが分かっただけだった。横山町は両国広小路近くの町である。

あるいは、吉之助が攫われそうになった日、おふさは、お浜に吉之助を横山町に住む両親の許へ連れていくように頼んだのかもしれない。お浜と吉之助が、ふたりの武士に襲われた神田川沿いの通りは、田原町から横山町への道筋である。

「また、寄せてもらうかもしれんぞ」

そう言い置いて、刀十郎は店から出た。

大川端の通りでいっとき待つと、仙太がもどってきた。

「旦那、待たせちまってもうしわけねえ」

仙太が首をすくめて言った。

「なに、おれもいま来たところだ」

そう言って、刀十郎は浅草寺の門前の方へ歩きだした。末だ、首売り長屋に帰るのは早いので、田原町へ行ってみようと思ったのだ。

刀十郎は歩きながらお峰から聞き込んだことを話し、田原町でおふさが住んでいるらしい家を探してみたいと言い添えた。

「ところで、仙太、何か知れたか」

刀十郎が訊いた。

「へい、下働きの爺《じい》さんに聞いたんですがね。おふさは、いい仲になった旗本のことを洋三郎《ようざぶろう》さまと呼んでたようですぜ」

「洋三郎か。これで、名が分かったな。清水洋三郎だ」

刀十郎の声が大きくなった。

「他に、何か分かったことがあるか」

さらに、刀十郎が訊いた。

「洋三郎は、かなりの年配のようでしてね。すでに、元服した子がいたらしいんでさァ。……それで、おふさは旦那と屋敷でいっしょに暮らすことができず、どこかにかこわれていたようなんで」

「妾《めかけ》か」

よくある話だった。身分のある武士が料理屋の女中に手を出し、身籠ったために自邸とは別の妾宅《しょうたく》に住まわせたのである。おふさは、妾宅で吉之助を産み、育てたのであろう。田原町にあるのは、その妾宅にちがいない。

おふさは、清水の意向もあって、吉之助を武士の子として育てたのではあるまいか。清水にはいずれ状況がととのえば、おふさと吉之助を屋敷に引き取りたいという気持ちがあるのかもしれない。

刀十郎たちは田原町の町筋を歩き、目についた表店でおふさの住む妾宅のことを訊いたが、分からなかった。

無理もない。田原町は浅草寺の門前の西側に位置し、一丁目から三丁目まであるひろい町なので、すぐにはつきとめられないだろう。

刀十郎は、東本願寺の東側の道を歩きながら、

「長屋の者の手を借りよう」

と、仙太に声をかけた。

「みんなで田原町を歩けば、すぐに分かりやすぜ」

仙太が、声を大きくして応えた。

5

刀十郎と仙太は、田原町の町筋を歩いていた。今日のところは、このまま首売り長屋に帰るつもりだった。

空は薄雲におおわれていた。暮れ六ツ前だったが、町筋は夕暮れ時のように薄暗

かった。通り沿いの表店はひらいていたが、人通りはすくなく、仕事を終えたぼてふりや出職の職人らしい男が足早に歩いていくだけである。

「旦那、後ろの深編み笠の男、ずっと尾けてきやすぜ」

仙太が、刀十郎に身を寄せて言った。

「そのようだな」

刀十郎も気付いていた。東本願寺の脇を歩いたときに、深編み笠をかぶった武士に気付いていていたのだ。一町ほどの間隔を保ったまま跡を尾けてくる。

「あ、あっしらを、狙ってるのかもしれねえ」

仙太が声を震わせて言った。顔が蒼《あお》ざめている。剣を呑むのは得意だが、剣を遣うのはからっきしで、喧嘩《けんか》も弱かった。ただ、すばしっこく、逃げ足は速いはずだ。

「仙太、襲ってきたら逃げろ」

仙太は戦力にならなかった。そばにいると、かえって足手《あしで》纏《まと》いである。

「だ、旦那は？」

「おれも、様子を見て逃げる」

そうは言ったが、相手はひとりだった。刀十郎は、仕掛けてきたら戦う気でいた。

いっとき歩くと、辺りが寂しくなってきた。通りの左右の町家がすくなくなり、寺院や空き地、笹藪などが目立つ。人影も遠方に、何人かの姿が見えるだけである。

「だ、旦那、塀の陰に……」

仙太が前方を指差して言った。その指が震えている。

寺の築地塀《ついじべい》に身を寄せるようにして、武士がひとり立っていた。大柄である。羽織袴姿で二刀を帯びている。

顔は遠方ではっきりしなかったが、その体軀に見覚えがあった。

……お浜たちを襲ったひとりだ！

神田川沿いの通りで、刀十郎と戦った男である。

どうやら、刀十郎たちをここで挟み撃ちにするつもりらしい。見ると、背後の深編み笠の男が、小走りに近付いてきた。

「仙太、この先の右手の路地へ走り込め！　長屋まで一気に走るのだ」

半町ほど先の右手に細い路地があった。その路地をたどれば、千住街道へ出られるはずである。

「だ、旦那は？」

仙太が、泣きだしそうな顔をして訊いた。

「おれも、逃げるが、おまえが先だ」

このまま逃げるのはむずかしい、と刀十郎はみた。

通りの右手は寺の築地塀で、左手は雑草におおわれた空き地だった。右手はふさがれている。左手の空き地に逃げ込んでも、前後から駆け寄ってきたら追いつめられるだろう。それに、相手がふたりでも、遣い手でなければ戦えるのだ。

「行け、仙太！」

「へい」

仙太が脱兎《だつと》のごとく走りだした。

思ったとおり、足は速い。刀十郎も仙太につづいて走った。

これを見て、前方の大柄な武士が行く手をふさぐように通りのなかほどへ出てきた。

仙太は大柄な武士から逃げるように空き地のなかに走り込んだ。迂回して、その先の路地へ逃げ込むつもりなのだ。

刀十郎は大柄な武士にまっすぐ迫った。大柄な武士は仙太にはかまわず、刀十郎に迫ってくる。狙いは、刀十郎ひとりらしい。

背後から深編み笠の武士が疾走してきた。

迅い！　左手で鍔元《つばもと》を握り、すこし前屈みの格好で走ってくる。野獣を思わせるような走りである。

「逃がさぬ！」

大柄な武士が、抜刀した。

刀十郎は、大柄な武士を前にして足をとめた。そして、築地塀を背にした。背後からの攻撃を避けるためである。

深編み笠の武士が、まわり込んできて刀十郎と相対した。中背である。首が異様に太く、胸が厚かった。全身が厚い筋肉におおわれているようだ。武芸の稽古で鍛えた体である。それも、特別な修行を積んだようだ。

……この男だ！

刀十郎は察知した。仙太を尾けてきた武士のようだ。三助を突き殺したのもこの武士であろう。

前方から来た大柄な武士は刀十郎の左手に立ち、青眼に構えて切っ先を刀十郎にむけた。

「何者だ！」

刀十郎が、深編み笠の武士に誰何した。

「名乗るつもりはない」

武士がくぐもった声で言った。まだ、刀を抜かなかった。両腕をだらりと垂らしている。

「ならば、笠を取れ！」

「よかろう」

武士はゆっくりとした動作で、深編み笠を取って路傍へ投げた。

三十代半ばであろうか。面長で浅黒い肌をしていた。頰の肉がそげて頰骨が張り、双眸が猛禽《もうきん》のようにひかっている。

「おぬしだな、三助を斬ったのは」

刀十郎が武士を見すえて訊いた。

「問答無用」

言いざま、武士が抜刀した。

……長い！

刀十郎は驚いた。これまで気付かなかったが、武士の手にした大刀は、三尺ほどもあった。大刀の定寸が二尺二、三寸なので、かなり長い。

刀十郎は、武士の上半身をおおった筋肉は、この長刀を扱うために発達したのかもしれないと思った。

「やるしかないようだな」

刀十郎も抜いた。

刀十郎と対峙《たいじ》した武士との間合は、およそ三間半。左手にまわり込んできた大柄な武士との間合は四間ほどあった。先に仕掛けてくるのは、対峙した武士であろう。

6

対峙した武士は青眼に構えた。刀身が低く、切っ先が刀十郎の胸につけられていた。薄闇のなかで、長刀が銀蛇のようにひかっている。

刀十郎も相青眼に構え、切っ先を敵の目線につけた。尋常な者なら、そのまま切っ先が迫ってくるような威圧を感じるはずである。

だが、対峙した武士は表情も動かさなかった。刀十郎を凝と見つめている。その目が、獲物を狙っている猛禽のように見えた。

武士が足裏で地面を擦るようにして、すこしずつ間合をつめてきた。まったく、切っ先が揺れない。槍の穂先が、真っ直ぐ胸に迫ってくるようである。

……突きか！

刀十郎は、このまま武士が胸を突いてくるような威圧を感じた。

そのとき、刀十郎の全身に鳥肌が立ち、体が震えた。だが、怯えではなかった。強敵と真剣で対峙したとき、きまって感じる異様な気の昂《たかぶ》りである。武者震いといっていいのかもしれない。

刀十郎は武士と切っ先を合わせるように刀身を下げた。正確な間積もりと、敵の突きを牽制《けんせい》するためである。

ふいに、武士の寄り身がとまった。あと一寸で、切っ先が触れ合う間合である。

……この間合では、とどかぬ。

と、刀十郎は読んだ。

だが、武士の全身に気勢が満ち、斬撃の気配がみなぎってきた。このまま仕掛けてきそうだ。

刀十郎は腰をわずかに沈め、気を鎮めた。そして、敵を遠山《えんざん》の目付《めつけ》で見た。

遠山の目付は、敵の構えや切っ先などを見るのではなく、遠い山を眺めるように敵の体全体を見るのである。そうすると、敵の気配や心の動きを感じとることができ、斬撃の気配をより迅く察知することができるのだ。

これは、首売りのとき、獄門台から首だけ出して客の斬り込みや突きを見るときと同じだった。そうやって見ることで、一瞬の差で客の斬撃や刺撃から逃れられるのである。

……さァ。来い！

刀十郎は、武士の突きを、槍を突いてくる客と重ねた。

武士の剣気が異様に高まってきた。

潮合である。

一瞬、武士の全身に斬撃の気がはしった。

ヤアッ！

短い気合を発し、武士が踏み込みざま刀身を突き込んできた。

間髪をいれず、刀十郎は武士の刀身を打ち落とすべく、刀身を振り上げようとした。

……これは！

一瞬、刀が動かなかった。

シャッという鎬《しのぎ》を削り合う音がし、手元に武士の切っ先が伸びてきた。武士のはなった突きである。その銀色にひかる刀身が、刀十郎の目には獲物に飛びつく蛇のように映じた。

危険を察知した刀十郎が背後に跳びざま体をひねるのと、右の上腕に焼鏝《やきごて》を当てられたような衝撃がはしるのとが同時だった。

ハラッ、と着物の袖が裂けた

さらに、武士が斬撃の間合に迫ってくる。刀十郎は、ふたたび背後に大きく跳んだ。

武士との間合がひらき、刀十郎はあらためて青眼に構えた。武士も低い青眼に構え、長刀の切っ先を刀十郎の胸につけた。

刀十郎の右の上腕が血に染まっていた。武士の切っ先で皮肉を裂かれたのである。

武士のはなった突きが、わずかに逸《そ》れ、胸ではなく上腕の皮肉をえぐったのだ。

……恐ろしい突きだ！

と、刀十郎は思った。

突きの太刀《たち》筋《すじ》が見えなかっただけでなく、一瞬、刀十郎は己の刀を自在に動かすことができなかったのだ。刀十郎は武士が何をしたのか分からなかった。刀身に何かが巻きついたような手応《てごた》えを感じただけである。咄嗟に、刀十郎が後ろへ跳んで体をひねらなかったら、武士の切っ先で胸をつらぬかれていただろう。

「よく、かわしたな」

武士の唇から白い歯が覗いた。笑ったらしい。

「長刀は、遠間からの突きのためか」

「いかにも。……たぐり突きよ」

武士は低い声で言い、切っ先を刀十郎の胸につけた。全身に刺撃の気配がみなぎっている。

どうやら、武士の遣う突きは、たぐり突きというらしい。

「いくぞ」

武士が足裏を擦るようにして、ジリジリと間合をせばめ始めた。一方、左手の大柄な武士の切っ先にも、斬撃の気配があった。刀十郎の動きを見て、斬り込んでくるつもりなのだ。

……次は、かわせぬ！

と、刀十郎は察知した。

なんとか、武士の突きをかわしたとしても、大きく体勢がくずれるだろう。その隙をとらえて、左手の武士が斬り込んでくれば、仕留められるはずだ。

……逃げねば！

この場は逃げるしかない、と刀十郎は踏んだ。

刀十郎は、後じさりながら八相に構えなおした。そして、正面の武士との間合がひらくと、すばやい体捌きで左手に反転した。

イヤアッ！

突如、刀十郎は裂帛の気合を発し、大柄な武士の正面に走った。俊敏な寄り身である。

ギョッ、としたように大柄な武士が、立ちすくんだ。

だが、大柄な武士は、すぐに刀十郎を迎え撃つべく全身に気勢を込めた。

一気に、刀十郎と大柄な武士との間合が迫る。

タアッ！

走り寄りざま、刀十郎が斬り込んだ。

八相から袈裟へ。たたきつけるような斬撃である。

大柄な武士が刀身を振り上げて、刀十郎の斬撃をはじいた。

キーン、という甲高い金属音がひびき、夕闇に青火が散り、ふたりの刀身がはじきあった。

次の瞬間、大柄な武士の体勢がくずれて、よろめいた。刀十郎の強い斬撃に押されたのである。

刀十郎は大柄な武士に二の太刀をふるわなかった。背後から、もうひとりの武士が迫ってくるのを感じたからである。

刀十郎は一気に大柄な武士の脇を走り抜け、飛び込むような勢いで空き地へ踏み込んだ。刀十郎は走った。背後からふたりの武士が追ってくる。

ザザザッ、と雑草を分ける音がひびいた。刀十郎は刀をひっ提げたまま懸命に走った。ここは、逃げるしか手はなかった。

刀十郎は空き地を走り抜け、町家の間の狭い路地へ走り込んだ。

「待て！」

背後で声が聞こえた。

ふたりは執拗《しつよう》に追ってくる。ただ、声と足音がすこしちいさくなった。ふたりとの間がひらいたようだ。

刀十郎は路地を走った。すぐに、四辻《よつつじ》に突き当たった。迷わず左手の細い路地へ走り込んだ。そこは見通しがきかず、細い路地が入り組んでいた。追っ手をまくには、都合のいい路地である。

曲折した路地を一町ほど走ると、背後の足音が聞こえなくなった。ふたりの武士は追うのを諦めたようだ。

刀十郎は足をとめた。背後を振り返ると、ふたりの姿はなかった。その裏路地は小店や表長屋などが、ごてごてとつづいていた。人影もなくひっそりとして、濃い暮色につつまれている。

……何とか、逃げられたようだ。

刀十郎は刀を納め、荒い息を吐いた。右腕に目をやると、裂けた着物がどっぷりと血を吸っていた。まだ、傷口から出血している。

7

「まァ、ひどい傷！」

小雪が声を上げた。顔がこわばり、目がつり上がっている。

小雪の脇に、吉之助がちょこんと座っていた。不安そうな顔をして、刀十郎の血に染まった右手を見ている。

「命にかかわるような傷ではない。……手当ては、わしがする」

そう言って、宗五郎が土間から上がってきた。

土間には、仙太、権十、彦次、それに初江の四人が、心配そうな顔をして立っていた。

刀十郎はふたりの武士に襲われて逃げた後、長屋に帰ってきたのだ。

先に長屋へ逃げ帰った仙太が、宗五郎の家に飛び込み、ことの次第を伝えていた。

宗五郎は権十と彦次だけに事情を話し、三人で刀十郎を助けに行こうとして路地木戸まで走り出たのだ。

そこへ、刀十郎が帰ってきて、そのまま宗五郎たちといっしょに小雪の待っている家へ入ったのである。

刀十郎は、宗五郎が小刀を手にして着物の袖を肩先から切り裂くのを見ながら、

「義父上、お手やわらかにお願いしますよ」

と、苦笑いを浮かべながら言った。

刀十郎も、命にかかわるような傷ではないとみていた。ただ、出血が激しいので、早く血をとめねばならない。

「初江、家から金創膏《きんそうこう》を持ってきてくれ」

宗五郎が、あらわになった傷口を手ぬぐいで押さえながら言った。出血をとめようとしたのだ。

「すぐ、持ってくるよ」

言い残し、初江が戸口から下駄を鳴らして飛び出していった。

「それから、小雪、小桶に水を汲んできてくれ」

「はい」

小雪も立ち、すぐに流し場にむかった。

宗五郎は小雪が持ってきた小桶に手ぬぐいを濡らし、傷口ちかくの汚れた血を拭き取りながら、

「それで、相手はふたりだそうだな」

と、低い声で訊いた。

「ひとりは、神田川沿いの道で、お浜と吉之助を襲った大柄な男です。もうひとりは、三助を殺した男とみています」

「おまえに傷を負わせたとなると、腕の立つ男のようだな」

宗五郎がけわしい顔で言った。

「その男、長刀で鋭い突き技を遣いました。……たぐり突きと、口にしましたが」

「たぐり突きとな！」

ふいに、宗五郎の手ぬぐいを持つ手がとまった。双眸が、剣客らしい強いひかりを帯びている。

「義父上、たぐり突きをご存じですか」

刀十郎が訊いた。

「十年ほど前だが、噂を聞いた覚えがある」

宗五郎によると、一刀流の神山《かみやま》道場に、突きの絶妙な門弟がいるとの噂を耳にしたという。定寸より長い竹刀を遣い、喉元や胸を突くのだが、神速で、しかも太刀筋が見えないため、道場主の神山でさえ、かわすのはむずかしいとのことだった。

「神山道場というと、南紺屋町にある道場ですか」

刀十郎は、京橋の南紺屋町に一刀流の道場があることを知っていた。顔を見たこともないが、道場主は神山惣八郎《そうはちろう》という名である。

「そうだ。南紺屋町の道場だ。その突きを、たぐり突きと呼んでいたらしい。……長い竹刀で、相手の竹刀を押さえながらたぐるように突くらしい」

「その突きです！」

思わず、刀十郎は声を上げた。

一瞬、刀十郎の刀が自在に動かなかったのは、武士の刀身に押さえられたからであろう。刀身の擦れ合うような音がしたのは、刀身を押さえながら突き込んできたからだ。

「その門弟の名が、分かりますか」

刀十郎は、その門弟にまちがいないと思った。

「名までは、分からんな」

そう言って、宗五郎は手ぬぐいで傷口を押さえた。まだ、傷口から血が流れ出ている。

そのとき、戸口から入ってきた初江が、

「おまえさん、金創膏だよ」

と言って、貝殻につめてある金創膏を宗五郎に手渡した。

宗五郎は折り畳んだ晒《さらし》に金創膏を塗りながら、

「わしが、京橋に出かけて、その男の名を聞いてこよう」

と、言った。

宗五郎は金創膏を塗った晒を傷口に当てると、初江にも手伝わせて、晒を肩口から脇にまわして強く縛った。

「これでよし。……四、五日すれば、血もとまるだろう」

宗五郎が小桶の水で手を洗いながら言った。

たぐり突きの話が一段落したとき、

「義父上、おふさの相手が分かりましたよ」

刀十郎が、小雪が出してくれた単衣に腕を通しながら言った。

「だれかな？」

「清水洋三郎、本郷に屋敷のある旗本のようです」

「清水洋三郎か。聞いたような気もするが……」

宗五郎は首をひねった。はっきりしないのだろう。

「いずれにしろ、本郷を探ってみますよ」

刀十郎は、本郷で聞き込めば、清水家をつきとめるのは容易だろうと思った。

「だが、やたらに歩きまわれんぞ。……一味の者がいつ襲ってくるかしれんからな」

宗五郎の顔に憂慮の翳があった。無理もない。三助が斬殺されて、刀十郎まで手傷を負ったのである。

「吉之助を長屋で匿うのも容易ではないな」

「いかさま……」

刀十郎は、三人の武士だけでも強敵だと思った。

「刀十郎、ともかく、渋川どのと松山どのに、様子を訊いてみようではないか。清水家のことも、吉之助を連れ去ろうとしている一味のことも、渋川どのたちは分かっているはずだ。それに、一月ほどで目途がたつと言っていたが、どう目途がたつのか、それも知りたいからな」

宗五郎が、集まっている権十や彦次に目をやりながら話した。

「わたしが、連絡を取りますよ」

刀十郎は松山の家を知っていた。

三日前の夕方、人目を忍ぶように松山が長屋にあらわれ、吉之助の様子を訊くとともに、連絡場所として、松山の家を伝えたのだ。

松山家は御徒町《おかちまち》にあり、藤堂和泉守《とうどういずみのかみ》の上屋敷の裏手だという。庭の隅に一本だけ太い柿の木があるので、目印になるそうだ。

「そうしてくれ」

宗五郎が腰を上げた。宗五郎につづいて、初江、権十、彦次、仙太が立ち上がった。

五人が出て行くと、座敷には、刀十郎と小雪、それに吉之助の三人だけが残った。

刀十郎が、おとなしく座っている吉之助に目をむけ、

「吉之助、めしを食ったのか」

と、やさしい声で訊いた。

「まだ、食ってない」

吉之助が声を上げた。どうやら、小雪たちは夕餉《ゆうげ》を食べていないようだ。

「腹がへったな」

刀十郎も夕餉はまだだった。

「うん、腹へった」

吉之助は、長屋の子供のような言葉遣いをした。長屋の子供たちと接しているうちに覚えたのだろう。

ふたりのやり取りを聞いた小雪が、ほっとしたような顔をし、

「はい、はい、すぐに支度しますよ」

と言って、立ち上がった。刀十郎の傷が、それほどでもなかったので安心したようだ。

第三章　拉致

1

　茅町一丁目。神田川沿いに、石松屋《いしまつや》という料理屋があった。大きな店ではなかったが、料理が旨《うま》く落ち着いた感じのする老舗《しにせ》である。

石松屋の二階の座敷に、五人の男が集まっていた。宗五郎、刀十郎、渋川泉右衛門、松山真之助、それに首売り長屋の家主であり、大道芸人や見世物小屋に出る芸人などの元締めをしている堂本竹造である。

　これまでも、宗五郎から堂本に吉之助を長屋に匿っている経緯は話してあったが、渋川たちに会うことになり、堂本にも顔を出してもらったのである。

　堂本は老齢だった。若いころは、軽業の名人として一世を風靡《ふうび》した男だが、いまはその面影もない。髪は真っ白で、腰もすこしまがっている。ただ、眼光はするどく、身辺には江戸に住む多くの芸人を束ねている座頭《ざがしら》らしい貫禄《かんろく》と威風がただよっていた。

「てまえは、見世物の座頭をしております堂本竹造でございます」

堂本は微笑を浮かべ、渋川と松山に挨拶《あいさつ》した。

つづいて、渋川と松山が挨拶した後、女将と女中の手で、酒肴《しゅこう》の膳《ぜん》が運ばれた。

男たちが、杯を手にして喉をうるおした後、

「まず、これまでの様子を話しておきましょう」

と、刀十郎が切り出した。そして、長屋の住人の三助が殺され、刀十郎が襲われて腕に手傷を負ったことなどを一通り話した。

「きゃつら、長屋の者にまで手を出したのか」

渋川が顔をしかめて言った。松山も、苦渋の表情を浮かべている。

「このままでは、さらに犠牲者が出よう。吉之助を一味の手から守るのもむずかしいかもしれん」

宗五郎が低い声で言った。

「何としても、吉之助さまをお守りしたいのだが……」

渋川が、刀十郎と宗五郎に訴えるような目をむけた。

「このままでは、むずかしいな」

宗五郎が首を横に振った。

「……………」

渋川は苦渋の表情を浮かべて視線を膝先に落とした。

「今後も、われらに吉之助をあずけるつもりなら、そこもとたちも肚《はら》をくっていただきたい」

刀十郎が強いひびきのある声で言うと、渋川と松山が刀十郎に視線をむけた。

「まず、そこもとたちの知っていることをつつみ隠さず話してもらいたい。敵も味方も分からず、吉之助だけを守れと言われても、策の立てようがないからな」

さらに、刀十郎が言いつのった。

「ごもっともでござる」

渋川が言うと、松山もうなずいた。

「おふたりは、本郷にお屋敷のある清水さまのご家臣とみたが」

刀十郎が訊いた。推測だったが、まちがいないだろうと思っていた。

「……いかにも」

渋川と松山が驚いたような顔をした。刀十郎たちが、そこまで知っているとは思わなかったのだろう。

「吉之助は、清水さまとおふささんとの間に生まれた子だな」

刀十郎が質《ただ》すと、渋川がうなずいた。

「その吉之助を、何者がなにゆえ連れ去ろうとしているのか、まず、そこから話してもらいたい」

刀十郎の声は静かだったが、有無を言わせぬ強いひびきがあった。

「……分かった。清水家の恥であり、おかしな噂が立つと吉之助さまの将来があやうくなると愚考し、伏せていたが、そこもとたちには、包み隠さずお話しいたす」

そう言って、渋川が話しだした。

清水家は五千石の旗本で、現在当主の洋三郎は、御側衆《おそばしゅう》の要職にあるという。御側衆は、将軍に近侍する役職で、老中待遇であった。

御側衆は八人おり、老中や若年寄が退出後は奥の総取締り役として責任を持つ。また、老中と若年寄から書類を受け取り、直接将軍から裁可を得る立場でもある。

さらに、御側衆から御側御用取次《おそばごようとりつぎ》が三人選ばれ、御側御用取次になると、将軍に対してさえ、相成りません、と意見を言うことができるようになる。そうしたこともあって、御側衆の権勢は大変なものであった。

その清水家の用人が渋川で、松山は何代にもわたって清水家に仕えている家士だという。

「殿には、昨年、十八歳になられた嫡男の長十郎《ちょうじゅうろう》さまと、長女で今年十六歳になられた琴江《ことえ》さまがおられる。……ところが、昨年の秋、長十郎さまが流行病《はやりやまい》にかかり急逝されたのでござる」

渋川がしんみりした口調で言った。

「それで」

宗五郎が先をうながした。

「殿は、五十代半ばのお歳でな。そろそろ隠居を考えておられる。そうしたこともあって、清水家をだれに継がせるか、思い悩まれたようなのだ」

清水は悩んだ末、おふさの産んだ吉之助が元服するのを待ってから家を継がせようと考え、屋敷に吉之助を呼んで暮らしを共にしようとしたという。

「ところが、奥方の鶴乃《つるの》さまが、料理屋の卑しい女が産んだ子に、由緒ある清水家を継がせてはなりませぬ、ともうされて強く反対された」

「そうなると、清水家を継ぐ者がいなくなるではないか」

宗五郎が言った。

「鶴乃さまは、清水さまの従兄弟《いとこ》にあたる小松重左衛門《こまつじゅうざえもん》さまの嫡男で、十八歳になられた小松繁之助《しげのすけ》さまを琴江さまの婿養子に迎えれば、お家も安泰だともうされているのだ」

「うむ……」

刀十郎にも、奥方の鶴乃の胸の内は分かった。

吉之助が清水家を継ぎ、おふさが母親として清水家に入るようなことにでもなれば、鶴乃の居場所がなくなるのだ。頭を丸めて尼にでもなるしか、生きていく道はないだろう。鶴乃にすれば、吉之助に清水家を継がせることは何としても阻止したいはずなのだ。

「殿は、鶴乃さまの言い分ももっともだと思い、ずいぶん迷われた。それに、小松さまも頻繁に屋敷に姿を見せ、繁之助さまが婿養子として清水家へ入ることを盛んに勧めたようなのだ」

小松は清水より四つ年下だが屋敷が近かったこともあり、以前からよく清水家に顔を出していたそうである。

「小松家には、家を継ぐ子がいるのか？」

宗五郎が訊いた。自分の嫡男を、他家に婿養子に出すのである。何か思惑がなければ、自分からは言い出さないだろう。

「小松家には、嫡男の他にふたりの男子がおられる」

「小松家の家禄は？」

「三百石で、小普請《こぶしん》でござる」

「だいぶ、清水家とは差があるな」

小松にとっても、自分の子が清水家を継ぐのは悪い話ではないと踏んだにちがいない、と宗五郎は思った。

渋川の話がとぎれたところで、

「それで、繁之助を婿養子にしようとしている者たちが、吉之助を連れ去ろうとしているのだな」

刀十郎が訊いた。

「そうとしか考えられん」

渋川の口吻《こうふん》に怒りのひびきがあった。

「なぜ、吉之助を斬らずに連れ去ろうとするのだ」

刀十郎は、吉之助を始末してしまえば、清水としても繁之助を婿養子に迎えるより他になくなるだろうと思ったのだ。

「小松も鶴乃さまも、そこまではできないのだ。殿が、そのことをお知りになれば、小松たちを許されまい。婿養子どころではなくなる。……小松たちにすれば、この秋まで、吉之助さまの所在が分からなければ、それでいいのでござる」

いつの間にか、渋川は小松と呼び捨てにしていた。小松に対する憎しみが強くなったせいであろう。

2

「この秋に、何かあるのか」

　刀十郎が、声をあらためて訊いた。

「実は、琴江さまと繁之助さまの祝儀が、この秋と決まっているのでござる」

「この秋に？」

　刀十郎は、ずいぶん性急な話だと思った。

「祝儀は前々から決まっていたことで、婿養子の話は、長十郎さまがお亡くなりになったために出てきた話なのだ」

　渋川によると、清水は琴江の祝儀が迫っていることもあり、ここ一月ほどの間に吉之助とおふさを清水家に呼び、母子ともに屋敷内で暮らした上で、家を継がせるかどうか判断したいと考えているそうだ。そして、吉之助に家を継がせるのはむずかしい、と判断すれば、繁之助さまを婿養子に迎えることになるだろうという。

「吉之助さまは、まだ五歳なのだ。それに、ふたりとも武家らしい暮らしをしたこともない。殿にすれば、やはり不安なのだ。……それに、殿が吉之助さまをお呼びになったとき、吉之助さまの行方が知れず、しかも、秋になっても行方知れずのままなら、殿はどう思われような。吉之助さまを諦められ、繁之助さまを婿養子にして、清水家を継がせるご決断をなされるだろう」

渋川が言いつのった。

「なぜ一月後なのだ。すぐに、吉之助を屋敷に引き取ればいいではないか」

そうすれば、厄介なことにならないのではないか、と刀十郎は思った。

「長十郎さまがお亡くなりなった後、奥を改装していてな。それが、一月ほどすれば、終わるのだ。それに、吉之助さまとおふささまを迎えるとなると、それなりの調度もととのえねばならんからな」

清水は、吉之助とおふさが、こうした状況に置かれているのは知らないのだろう。

「なるほど、それで一月ほど、吉之助を匿ってくれというわけか」

刀十郎は腑《ふ》に落ちた。

「さよう。……繁之助が婿養子として清水家に入ってしまえば、後は吉之助さまをどうしようと、小松たちは、どうでもいいのだ」

そう言って、渋川が苦々しい顔をした。

「だが……」

刀十郎には、まだ疑念があった。

「清水さまは、小松の息のかかった者たちが吉之助を攫ったと知れば、お怒りにな

幻冬舎文庫

ミステリフェア

最新刊

驚愕。恐怖。衝撃。感涙
どれをとっても一気読み

表示の価格はすべて税込です。

坊っちゃん殺人事件

内田康夫

マドンナが殺された。容疑者は浅見光彦!?

浅見家の「坊っちゃん」浅見光彦は、松山の取材中に美女「マドンナ」に出会うが、後日、彼女の絞殺体が発見される。疑惑は光彦に――。旅情豊かな四国路を舞台に連続殺人事件に迫る傑作ミステリ。

520円

悪夢の商店街

木下半太

地味な商店街に、悪党どもが大集合。予測不能の騙し合い!

さびれた商店街の豆腐屋の息子が、隠された大金の鍵を握っている!? 息子を巡って、美人結婚詐欺師、天才詐欺師、女子高生ペテン師、ヤクザが対決。勝つのは誰だ? 思わず騙される痛快サスペンス。

文庫オリジナル

630円

偽りの血

笹本稜平

『越境捜査』の著者が描く珠玉の社会派ミステリ!

兄の自殺から六年、深沢章人は兄が自殺の三日前に結婚していたこと、多額の保険金がかけられていたことを知らされる。ひとり真相を探る彼の元に、死んだはずの兄から一通のメールが届く。長編ミステリ。

720円

探偵ザンティピーの休暇

小路幸也

ニューヨークの名探偵、なぜか北海道に上陸！

ザンティピーは数カ国語を操るＮＹの名探偵。「会いに来て欲しい」という電話を受け、妹の嫁ぎ先の北海道に向かう。だが再会の喜びも束の間、妹が差し出したのは人骨だった！　痛快ミステリ。

文庫書き下ろし

560円

シグナル

関口尚

彼女はなぜ三年間も、映写室に閉じこもったままなのか？

映画館でバイトを始めた恵介。そこで出会った映写技師のルカは、一歩も外へ出ることなく映写室で暮らしているらしい。恵介は固く閉ざされたルカの心の扉を押し開

680円

収穫祭（上・下）

西澤保彦

殺人鬼は、何人いるんだ!? 西澤ミステリの集大成。

一九八二年夏。嵐で孤立した村で被害者十四名の大量惨殺が発生。凶器は、鎌。生き残ったのは三人の中学生。時を間歇したさらなる連続殺人。二十五年後、全貌を現した殺人絵巻の暗黒の果て。

（上）920円・（下）840円

仮面警官

弐藤水流

まったく新しい警察小説新時代、到来！

殺人を犯しながらも、復讐のため警察官になった南條。完璧な容貌を分厚い眼鏡でひた隠す財前。正義感も気も強い美人刑事・霧子。ある事件を境に各々の過去や思惑

720円

無言の旅人

仙川環

交通事故で意識不明になった三島耕一の自宅から尊厳死の要望書が見つかった。苦渋の選択を迫られた家族や婚約者が決断を下した時、耕一の身に異変が——。胸をつく慟哭の医療ミステリ。

680円

インターフォン

永嶋恵美

文庫オリジナル

プールで見知らぬ女に声をかけられた。昔、同じ団地の役員だったという。気を許した隙に、三歳の娘が誘拐された（表題作）。他、団地のダークな人間関係を鮮やかに描いた十の傑作ミステリ。

600円

瘤

西川三郎

横浜みなとみらいで起こった連続殺人事件。死体にはいずれも十桁の数字が残されていた。捜査線上に浮上した二人の男と、秘められた過去の因縁とは。衝撃のラストに感涙必至の長編ミステリ。

680円

銀行占拠

木宮条太郎

信託銀行で一人の社員による立て籠り事件が発生。占拠犯は、金融機関の浅ましく杜撰な経営体系を、白日の下に曝け出そうとする。犯人の動機は何か。息もつかせぬ衝撃のエンターテインメント。

800円

死者の鼓動

山田宗樹

臓器移植が必要な娘をもつ医師の神崎秀一郎。脳死と判定された少女の心臓を娘に移植後、手術関係者の間で不審な死が相次ぐ——。臓器移植に挑む人々の葛藤と奮闘を描いた、医療ミステリ。

760円

封印入札

ジョセフ・リー 著
青木創 訳

文庫書き下ろし

高級スパリゾートの入札に向けて情報収集にあたる経営コンサルタントの川上は、かつてハワイで起きた事故の真相を知る。不良債権処理の闇、そしてある家族に起きた悲劇。国際派が描く社会派ミステリ。

840円

り、繁之助の婿養子の件は取りやめにするのではないのか」

「小松は、そうならぬよう用心しているのだ」

「うむ……」

「此度《こたび》の件で、小松は己の身辺にいる者は、使わないようにしているのだ。わしらにも、吉之助さまを攫うために何者が動いているか、つかめていないのだからな」

渋川が言った。

そのとき、宗五郎が口をはさんだ。

「ところで、そこもとたちは、なぜ吉之助を守ろうとするのだ。清水さまの指図があったのか」

「ちがう。……われらは、小松に奸計《かんけい》があるとみたからだ」

渋川が宗五郎に目をむけて言った。

「奸計とは？」

「小松には、清水家を乗っ取る肚があるのではないかと」

「どういうことだ」

「繁之助が清水家を継ぎ、殿に替わって出仕するようになったら、殿のお立場はどうなると思うな。小松は、殿に隠居を迫って屋敷から追い出し、代わりに己が屋敷に入る……それだけの深謀があるからこそ、小松は嫡男を清水家に婿入れさせようとしているにちがいないのだ」

「そうかもしれんな」

宗五郎も、小松にはそうした野心があるのだろうと思った。

「われらは、何としても小松の奸計を打ち破りたいのでござる。それが、殿に対するご奉公と思っているのだ」

渋川がそう言うと、松山もけわしい顔でうなずいた。

話がとぎれたとき、刀十郎が、

「南紺屋町にある一刀流の神山道場をご存じか」

と、訊いた。あるいは、渋川たちが、たぐり突きを遣う武士のことを知っているかと思ったのである。

「神山道場の名は知っているが……」

松山が刀十郎に目をむけ、小声で言った。刀十郎が何を訊こうとしているのか、分からないようだ。

「たぐり突きと称する剣のことは？」

「たぐり突き……。聞いたことはないが」

松山の双眸が、剣客らしいひかりを帯びた。松山も剣客として、たぐり突きのことが気になったのであろう。

「おれを襲った武士が、たぐり突きなる技を遣ったのだ」

刀十郎が、長刀を遣って胸を突いてくる技であることをかいつまんで話した。

「腕の傷は、そのときのものでござるか」

松山が刀十郎の右腕に目をむけた。

「そうだ」

まだ、腕に晒を巻いていたが、出血もとまり、ほとんど痛みもなかった。刀を遣うこともできるだろう。

「容易ならぬ敵のようだ」

松山はけわしい顔をして、虚空を睨《にら》むように見すえた。

そのとき、渋川が、

「そういえば、小松が若いころ、一刀流の道場に通っていたと聞いたことがあるな」

と、つぶやくような声で言った。

「神山道場か」

宗五郎が声を大きくして訊いた。

「道場名までは、覚えておらぬが……」

渋川が首をひねった。記憶がはっきりしないらしい。

「いずれにしろ、神山道場をあたってみればはっきりするだろう」

宗五郎が低い声で言った。

3

渋川たちと会った翌朝、刀十郎は宗五郎とふたりで首売り長屋を出ると、南紺屋町にむかった。神山道場に行くためである。

当初、宗五郎はひとりで行くと言ったが、刀十郎が同行させて欲しいと頼んだのだ。刀十郎は、たぐり突きを遣う男のことを自分の耳で聞いておきたかったのだ。

ふたりは、羽織袴姿で二刀を帯びていた。ふだん長屋にいるような粗末な身装《みなり》では、道場で相手にしてくれないと思ったからである。

ふたりは柳橋を渡り、両国広小路の雑踏を抜け、横山町の表通りをまっすぐ日本橋にむかった。

五ツ（午前八時）ごろである。晴天のせいもあり、日本橋通りは大変な賑わいを見せていた。様々な身分の老若男女が行き交い、騎馬の武士、駕籠《かご》、米俵を積んだ大八車《だいはちぐるま》などが、通り過ぎていく。

ふたりは日本橋通りを南にむかい、京橋を渡るとすぐに右手にまがった。日本橋川沿いの道をいっとき歩くと、南紺屋町である。

「たしか、神山道場は酒屋の脇を入った先だったな」

宗五郎が、通り沿いの表店に目をやりながら言った。

「あの店だ」

宗五郎が指差した。

見ると、店の軒下に酒林《さかばやし》がつるしてあった。戸口の奥に、酒樽や角樽《つのだる》などが見える。その酒屋の脇に路地があった。

路地を一町ほど歩くと、通りの先から、気合、竹刀を打ち合う音、床を踏む音などが、ざわめきのように聞こえてきた。剣術の稽古の音である。

「あれが、神山道場だ」

半町ほど先の路地の右手に、道場らしい建物があった。

近付いてみると、両側に丸太を立て横木を渡しただけの木戸門があり、その先に玄関があった。家のまわりは板壁で、武者窓がついている。稽古の音は、そこから聞こえてきた。

刀十郎たちは木戸門をくぐり、引き戸があいたままになっている玄関からなかへ入った。

土間に立ち、奥の道場にむかって、

「お頼みもうす！　どなたか、おられぬか」

と、宗五郎が大声を上げた。小声では、稽古の音に掻き消されてしまうのだ。

いっときすると、床を踏む音が聞こえ、脇の奥へつづく廊下から若侍が姿を見せた。稽古着に袴姿である。門弟であろう。顔が紅潮し、汗が首筋をつたっている。稽古中だったらしい。

「何か、ご用でござるか」

門弟の顔に、警戒するような表情があった。土間に立っている刀十郎たちを、道場破りとでも思ったのであろうか。

「神山惣八郎どのは、おられようか」

宗五郎がおだやかな声で言った。

「どなたさまでしょうか」

門弟の顔から、警戒の色は消えなかった。

「それがし、真抜流の道場をひらいていた島田宗五郎でござる。神山どのにお尋ねしたいことがあり、まかりこしました」

宗五郎がもっともらしく言うと、

「それがしは、門弟の島田刀十郎でござる」

刀十郎が言い添えた。いまは、門弟ではないが、面倒なのでそう言っておいたのだ。

「真抜流……」

門弟は小首をかしげた。耳にしたことのない流名だったのであろう。無理もない。

真抜流は、彦江藩の領内にひろまっている土着の流派で、江戸では彦江藩士の他はほとんど知らないだろう。

「ともかく、神山どのに取り次いでもらいたい」

宗五郎が言った。

「しばし、お待ちを」

そう言い残し、門弟は慌てた様子で奥へもどった。

待つまでもなく、門弟はもどってきた。

「お師匠が、会われるそうです。お上がりになってください」

そう言ったが、門弟の顔にはまだ不審そうな色があった。おそらく、神山も真抜流のことを知らなかったのだろう。取り次ぎに、用件だけでも聞いてみよう、と返事したにちがいない。

刀十郎たちは稽古中の道場の脇の廊下を通って、奥へ案内された。

そこは、六畳の座敷だった。道場のつづきにある接客のための部屋らしい。障子があけてあり、その先に中庭があった。松の庭木とちいさな石灯籠が配置されているだけの坪庭である。

刀十郎と宗五郎が座敷に腰を下ろすと、すぐに廊下を歩く足音がし、初老の男が入ってきた。長身痩軀だった。面長で顎がとがり、鼻梁が高かった。細い目が、刺すようなひかりを宿している。

背筋が伸び、腰が据わっていた。身辺に剣の達者らしい雰囲気がただよっている。

男は対座するとすぐに、

「神山惣八郎でござる」

と、名乗った。座した姿に、かすかに緊張があった。刀十郎と宗五郎の座っている姿を見て、遣い手であることを察知したのであろう。

「島田宗五郎でございます」

宗五郎がおだやかな声で言うと、つづいて刀十郎も名乗った。

「して、ご用の筋は？」

神山は抑揚のない声で訊いた。

「当道場の門弟だった男のことで、お訊きしたいことがあってまいったのでござる」

宗五郎が切り出した。

「男の名は？」

神山が訊いた。

「名は分からぬ。それに、おそらく門弟だったのは、何年も前のことでござろう」

「それでは、返答のしようもござらぬな」

神山はかすかに口元をゆるめた。

「その男、たぐり突きを遣う」

刀十郎が低い声で言った。

「なに、たぐり突きだと」

神山が驚いたような顔をした。

「いかにも。長刀で相手の刀身をたぐるようにして、胸を突く。それがし、その男に襲われ、あやうく胸を突かれるところでござった」

「うむ……」

神山の顔がけわしくなった。男のことを知っているようである。

「まず、その男の名を教えていただきたい」

「名は山城源之丞《やましろげんのじょう》」

神山が低い声で言った。

「ことわっておくが、山城が道場を去って十年ちかくも経っている。いまは、当道場と何のかかわりもないのだ」

「われらは、山城が何者なのか知りたいのでござる。……実は、山城はそれがしと所縁《ゆかり》の者の子を勾引《かどわか》そうとしておるのです」

「なにゆえ、そのようなことを」

神山が訊いた。

「金か、出世のためか。いずれにしろ、そのような非道な行いを見逃すわけにはいかないのです」

刀十郎が語気を強めて言った。実際は、多額の礼金を貰って匿っているのだが、吉之助を守ってやりたい気持ちに偽りはなかった。

4

「山城は、この近くに住んでいた牢人の子でござった」

そう前置きして、神山が話しだした。

山城の父親の名は弥之助《やのすけ》、人足や日傭《ひようと》取りなどをして暮らしていた貧乏牢人だった。しかも、母親は山城が幼いころに病死し、山城は弥之助ひとりの手で育てられた。

弥之助は山城に何とか武士らしい暮らしをさせてやりたいと考え、少年のころから神山道場へ通わせたという。

山城は父の苦労を見て育ったこともあり、熱心に稽古に励んだ。剣の天稟《てんぴん》もあったらしく、めきめき腕を上げ、二十歳ちかくなると道場の師範代をしのぐほどの腕になった。

ところが、二十二歳のとき、山城の人生が暗転した。父親の弥之助が、通りすがりの武士と肩が当たったことが原因で言い争いになり、斬り殺されてしまったのだ。

相手は御家人で、すこし酒に酔っていた。御家人は粗末な身装《みなり》をしていた弥之助を馬鹿にし、土下座して謝れと言って嘲笑《あざわら》った。

弥之助が相手にせずにその場を離れようとすると、御家人は無視されたことで逆上し、いきなり斬りつけてきたという。

弥之助は御家人の切っ先で首筋を斬られ、その場で落命した。

「山城は御家人を恨み、待ち伏せて斬り殺してしまったのだ。……それから、山城の暮らしが一変した。生きていくために働くようになったが、父親と同じように日傭取りや人足などはしなかったようだ。剣の腕がたったからであろう。道場破りをしたり、賭け試合をしたり、ときには頼まれて喧嘩の助っ人などもしたらしい」

そうした暮らしのなかで、山城は遊び人や無頼牢人などと交遊するようになり、次第に悪の世界に足を踏み入れていったという。

やがて、山城は岡場所や賭場《とば》などにも出入りするようになり、賭場の用心棒などもするようになった。

「しだいに、山城の剣が変わってきた。一刀流の刀法を磨くというより、いかに敵を斃《たお》すか、そのための剣を独自に工夫するようになったのだ。そうしたなかで身につけたのが、たぐり突きだ。……そのころは、まだ道場にも顔を出していてな。わしも、何度か竹刀を合わせたことがあるが、かわすのは至難の突きだった。槍の利点をとりいれた殺人剣といえよう」

「いかさま」

刀十郎も、たぐり突きが槍の刺撃をとりいれた必殺剣であることは承知していた。

「その後、山城はわしの道場の門弟を斬り殺したため、破門したのだ」

山城は、神山道場の門弟と路傍で出会ったとき、一見してならず者と分かる男といっしょに歩いていた。

門弟は二つ年上の兄弟子だったこともあり、

「そのような無頼者と付き合わぬ方がよい」

と言って、諫《いさ》めたという。

ところが、山城は門弟を相手にしなかった。嘲笑っただけで、通り過ぎようとした。

「待て！」

逆上した門弟は、刀の柄に手をかけ山城の行く手に立ちふさがった。

「挑まれた勝負なら、受けてやる」

言いざま、山城が刀を抜いた。

「おのれ！　兄弟子を愚弄《ぐろう》しおって」

門弟も抜いた。

門弟は山城と斬り合う気などなかったのだが、成り行きでそうなってしまったのだ。

勝負は一瞬一合で決した。

山城のたぐり突きが、門弟の胸をつらぬいたのである。

斬られた門弟の家族のなかに敵を討ちたいと言う者がいたが、経緯はどうあれ、門弟は剣の立ち合いで敗れたのであり、敵討ちの話は立ち消えになったという。家族が敵討ちを諦めた裏には、山城が並の遣い手でないと知り、討つのは容易ではないと分かったこともあったらしいという。

「その後、山城はまったく道場に姿を見せておらん。……もう、当道場との縁も切れている」

神山は顔に嫌悪の色を浮かべて言った。

「お話しいただき、かたじけのうござった。山城がいかなる男か、分かりもうした。……ところで、神山どの」

宗五郎が声をあらためて言った。

「たしか、旗本の小松重左衛門さまも、当道場に通われていたことがありましたな」

「ほう、よくご存じで」

神山が嫌悪の色を消して言った。

「小松さまとは、少々縁がありましてな。……小松さまが通われていたのは、ずいぶん前のことでござろう」

宗五郎は、世間話でもするような口振りで訊いた。

「さよう。稽古をやめて、十年ほどは経ちますかな」

「山城と同じころ、道場に通われていたわけですな」

「まァ、そうだが、山城とは話もしなかったのではないかな。なにしろ、山城とは身分がちがう」

「そうでしょうな」

宗五郎は適当に話を合わせたが、胸の内ではちがうと思っていた。

同じ道場で稽古している門人同士には、それほど身分の差はないのだ。小松と山城との間には、それなりの付き合いがあったはずである。今度の件で、小松が山城の殺人剣を利用しようとしたことは、十分考えられるのだ。

それから刀十郎と宗五郎は、神山と江戸の剣壇の話などを小半刻（三十分）ほどしてから腰を上げた。

「島田どの」

神山が、立ち上がった刀十郎に目をむけて声をかけた。

「山城と立ち合うつもりかな」

「相手しだいですが」

刀十郎は、かならず山城と立ち合うことになるだろうとみていた。

「山城に勝てますかな」

刀十郎を見すえた目には、剣の達人らしいするどいひかりがあった。

「やってみねば、なんとも……」

刀十郎はそう答えたが、いままで山城と立ち合ったのでは後れを取るとみていた。

「たぐり突きは、槍の利をとりいれた剣でござる。そのことを心して、立ち合われるがよい」

神山は静かな声で言って、視線を落とした。

5

刀十郎と宗五郎は神山道場を出ると、町筋で目にしたそば屋に立ち寄り、腹ごしらえをしてから首売り長屋へもどった。

路地木戸をくぐり、宗五郎の家の前まで来ると、にゃご松と雷為蔵が走り寄ってきた。にゃご松は目かずらをはずしていたが、ふたりとも大道芸に出かける格好のままである。仕事に出かけなかったのであろうか。

「仕事はどうした」

宗五郎が訊いた。

「それが、旦那、気になることがありやしてね。旦那たちが帰ってくるのを、待ってたんでさァ」

「なんだ、気になることとは？」

「うろんな野郎が、長屋のあちこちをまわって家のなかを覗いたり、女子供に声をかけたりしてたらしいんでさァ」

にゃご松によると、今朝、いつもの衣装で茅町のちかくの福井町をまわっていると、首売り長屋にも来るぼてふりと顔を合わせ、そのことを聞いたという。にゃご松は気になって、仕事を途中で切り上げて長屋へもどってきたのだそうだ。

一方、為蔵は昨夜遅くまで酒を飲み、昼ちかくになって大道芸の仕事に出ようとしたとき、隣に住む女房から不審な男のことを耳にし、そのまま長屋に残ったのだという。

「それで、その男は武士か」

刀十郎が訊いた。吉之助を攫おうとしている山城たちのことが胸をよぎったのだ。

「それが、町人なんで」

「町人だと?」

「へい、おたつ婆さんの話じゃァ、遊び人ふうだったそうですぜ」

にゃご松が言った。

おたつ婆さんというのは、堂本座の軽業の見世物に出ている宗吉《そうきち》という男の母親である。還暦を過ぎた年寄りだが、足腰は達者で長屋の女房連中とおしゃべりをしていることが多い。

「その男、山城たちの手先かもしれんな」

宗五郎が言った。

刀十郎も、そう思った。その男は山城たちの指図で、長屋を探りに来たのであろう。吉之助の所在を確かめたのかもしれない。

「小雪に、訊いてみますよ」

そう言い残し、刀十郎は自分の家にむかった。その男が、家を覗きに来たのではないかと思ったのである。

小雪と吉之助は家にいた。吉之助は、長屋の子供と同じように継ぎ当てのある粗末な着物姿で、繕い物をしている小雪のそばで遊んでいた。ふたりの姿を見ると、本物の母子のようである。

吉之助は、女児のように千代紙を折って遊んでいた。小雪に貰ったのであろう。

小雪は吉之助をできるだけ外に出さないようにしていたので、遊びも限られてしまうのだろう。

吉之助は刀十郎の姿を目にすると、

「ほら、舟だよ」

得意そうな顔をして、手にした折り紙を刀十郎の方に差し出してみせた。なるほど、舟の形に折れている。小雪が折り方を教えてやったのだろう。

「上手に折れたな」

刀十郎は褒めてやった。

「おまえさん、何かありましたか」

小雪が針を動かす手をとめて訊いた。にゃご松や為蔵が騒いでいたのを、耳にしたのかもしれない。

「小雪、ここに、だれか来なかったか」

刀十郎が訊いた。

「だれも、来ませんよ」

小雪は吉之助に目をやりながら言った。

吉之助は、別の千代紙を手にして、また何か折り始めた。

「それなら、いいんだが……」

刀十郎も吉之助に目をやりながら、ここにも置いておけんな、と思った。三人の武士だけでなく、町人も一味にくわわっているようだ。それに日中、長屋にまで入り込んでくるとなると、吉之助を匿っておくのはむずかしい気がしたのだ。

刀十郎は、折り紙をしている吉之助の相手になってやっていたが、吉之助をどうするか相談しようと思い、宗五郎の家へ足をむけた。

「おお、刀十郎、いいところへ来たぞ。いま、初江がお茶を淹れるところだ」

宗五郎は、刀十郎の顔を見るなり言った。

見ると、初江が火鉢のそばで、鉄瓶を手にしていた。急須に湯をついでいる。白い湯気が急須から立ち昇っていた。

「刀十郎さんにも、淹れますからね」

初江が笑みを浮かべて言った。

刀十郎は座敷に上がり、初江が淹れてくれた茶で喉をうるおした後、

「義父上に相談がありましてね」

と、声を低くして言った。

「なんだ、あらたまって?」

宗五郎は部屋のなかほどに胡座をかいていた。茶を淹れ終えた初江も、部屋の隅に膝を折った。

「ちかいうちに、山城たちが長屋を襲うとみているのですが」

刀十郎が切り出した。

「わしも、そうみている」

「いまのままでは、吉之助を守り切れないような気がします」

「うむ……」

宗五郎がむずかしい顔をした。

「山城たち三人だけなら、何とかなるとみていたのですが、仲間に町人もいるようです。……ひとりだけならたいしたことはないでしょうが、何人もいるとなると、厄介です」

何人もの町人が物売りなどに身を変えて長屋にもぐり込み、吉之助を連れ去るかもしれないのだ。

「そうだな」

「どこか、他に、吉之助を隠すような場所はないでしょうか」

刀十郎は、山城たちに知られていない場所に、吉之助を隠す手もあるのではないかと思ったのだ。

「ないな。堂本座の見世物小屋に隠す手もあるが、あそこは人目につく。それに、どこに隠しても、わしらが吉之助のそばにいれば、すぐに気付かれてしまうぞ」

「たしかに……」

「あとすこしだ。ここで、吉之助を守ろう」

渋川たちは、一月ほどでおふさと吉之助を清水家に迎え入れる準備が整うと言っていた。吉之助を匿っておくのは、それまでである。吉之助が首売り長屋に来て、すでに半月は経っていた。となると、吉之助を匿っておくのは、あと半月ほどということになる。

「ここ数日が、勝負のような気がします」

刀十郎が言った。

「うむ……」

宗五郎がけわしい顔をした。

「きゃつら、長屋を襲うような気がしますが」

「ともかく、わしとおまえは、長屋を出ないようにしようではないか」

宗五郎が、権十と彦次にも長屋にいてもらう、と言い添えた。

「承知しました」

刀十郎が顔をひきしめてうなずいた。

6

朝から小雨が降っていたが、午後になって晴れ間が出てきた。戸口の腰高障子に、淡い陽の色が映じている。

刀十郎は、首売り長屋にいた。座敷には、小雪と吉之助の姿もあった。小雪は刀十郎の単衣のほころびを繕っていた。吉之助は土間の隅に立て掛けてあった刀十郎の木刀を手にして振ろうとしていたが、重くて振り上げることもできないようだ。

もっとも、狭い土間で木刀を振られたら、こちらが困る。竈《へっつい》はたたかれ、障子は破れるだろう。

「吉之助、もうすこし大きくなったら、素振りを教えてやろう」

刀十郎が声をかけると、

「剣術の稽古か」

吉之助が、目をかがやかせて言った。

「そうだ。……まだ、木刀は重過ぎるだろう」

「うん」

吉之助は、手にした木刀を土間の隅に立て掛けると、折り紙をしよう、と言って、座敷へ上がってきた。

そのときだった。腰高障子のむこうで、カツカツとせわしそうな下駄の音が聞こえた。だれか駆け寄ってくるようだ。

下駄の音は腰高障子のむこうでとまり、

「刀十郎さん、大変だよ！」

という初江の声がして、障子があいた。

初江は目をつり上げ、肩で息をしていた。走ってきたらしい。

「どうしたのだ」

「き、来たよ。家の前に、四人も！」

初江が声をつまらせて言った。

「なに！」

刀十郎は、すぐに部屋の隅に置いてあった大刀を手にした。山城たちが踏み込んできたらしい。

「小雪、吉之助を家から出すな」

刀十郎はそう言い置くと、戸口から飛び出していった。初江が、下駄の音をひびかせて追ってきた。

宗五郎の家の前に、大勢の男たちが集まっていた。その前に、三人の武士と町人体の男がひとり立っていた。

……山城たちだ！

見覚えのある山城の姿があった。それに、神田川沿いでお浜と吉之助を襲ったふたりの武士。もうひとりは、遊び人ふうの男である。長屋に入り込んで、様子を探っていた男かもしれない。

家の戸口の前に、宗五郎が立っていた。すこし離れた場所に、にゃご松、為蔵、仙太など数人の男の姿があった。今朝方、小雨が降っていたので、大道芸の商売には出ないで、長屋に残っていたのだろう。

「刀十郎の旦那だ！」

仙太が声を上げた。

刀十郎は、宗五郎のそばに駆け寄った。

「来たな」

山城が刀十郎に目をむけた。口元に薄笑いが浮いている。

「山城源之丞。長屋にまで、乗り込んできたか」

刀十郎が山城を見ながら言った。

「おれの名を知っているのか」

山城の顔に驚いたような表情が浮いたが、すぐに表情を消し、猛禽のような目で刀十郎を見すえた。

そこへ、権十と彦次が駆けつけた。騒ぎを聞きつけたのであろう。権十はすばやくふところから鉄手甲《てってっこう》を取り出して両腕に嵌《は》めた。権十は柔術の達者だったが、鉄手甲も巧みに遣う。

鉄手甲は、鹿のなめし革の手袋の内側に、鉄片を鱗《うろこ》状に縫いつけてある。これで、敵刃を握ったり、殴ったりするのだ。

権十は六尺を超える巨漢の上に、強力の主だった。鉄手甲を嵌めた手で殴りつけただけで、敵に致命傷を与えることができるのだ。

「おれも、相手だ」

権十は大柄な武士の前に出て、ニタリと笑った。

歯力の芸をしている男らしく、権十は顋が張り、大きな歯をしていた。笑うとその歯が剝き出しになる。その巨体とあいまって、獅子舞《しし まい》の獅子頭のような顔になる。

一方、彦次は権十の脇に無言で立っていた。左手に数本の短剣を握っていた。表情がなく、ぬらりとした顔をしている。総髪が、顔の前に垂れ下がり、亡者のような不気味な雰囲気がただよっていた。

「ここは、化け物長屋か」

大柄な武士が、怖気《おぞけ》をふるうような顔をして言った。

「おぬしらにとっては、冥途《めいど》の入り口かもしれんな」

宗五郎が言った。

「ここでやり合ったら、大勢の死人が出るぞ。……どうだ、吉之助を渡さんか。そうすれば、おとなしく帰ってもいいぞ」

山城が、集まっている男たちに視線をまわして言った。

「ことわる。おぬしらこそ、おとなしく帰れ」

宗五郎が語気を強くして言った。

そんなやり取りをしている間にも、長屋に残っていた男たちがひとりふたりと集まってきた。ただ、すこし離れた場所に立ち、ことの成り行きを見守っているだけである。なかには、心張り棒や大道芸や見世物で遣う短剣、竹竿《たけざお》などを手にしている者もいたが、いずれも腰が引けていた。長屋に住む芸人たちの多くは臆病《おくびょう》で、斬り合いはむろんのこと殴り合いの喧嘩でさえ尻込みするのである。

「子供ひとりのために、血を流してもつまらんではないか」

山城が言った。

「ならば、おぬしらが黙って引き上げるんだな」

「やるしかないようだな」

山城が刀の柄に手を添えたが、そのまま後じさりした。抜く気はないのであろうか。三人の武士の身辺には、殺気がなかった。

実は、山城たちはこの場に宗五郎や刀十郎たちを集め、時間稼ぎをしていたのだ。

刀十郎が小雪と吉之助を家に残して飛び出したとき、首売り長屋の裏手の板塀のそばに四人の男が集まっていた。いずれも町人だった。着物を裾高《すそだか》に尻《しり》っ端《ぱし》折《よ》りし、股引姿だった。手ぬぐいで頬《ほ》っかむりして、顔を隠している。

「兄い、ここの板がはずれやすぜ」

小柄な男が言った。

四人の男は路地と空き地などをたどって長屋の裏手にまわり、長屋に侵入しようとしていたのだ。

「はずせ！」

兄いと呼ばれた男が言った。色の浅黒い、顔の大きな男である。四人のなかでは、兄貴格らしい。頬っかむりした手ぬぐいの間から、小鼻の脇に小豆粒《あずき》ほどの黒子《ほくろ》があるのが見えた。

小柄な男が、朽ちかけた板を二枚引き剥《は》がした。それで、板塀のなかに入れるだけの隙間ができた。

「入るぜ」

兄貴格の男が板塀の隙間からなかに入り、他の三人がつづいた。

四人の男は、長屋の棟の間を小走りに進んだ。小雪と吉之助のいる家へむかっているようだ。

7

……だれか来る！

小雪は足音を耳にした。腰高障子に近付いてくる。何人もの足音だった。忍び足で近付いてくる。

小雪は聞き耳を立てた。長屋の者ではないようだ。野犬でも近付いてくるような気配がする。小雪は手にしていた針を針刺しにもどし、膝の上にひろげていた単衣を脇に置いた。

吉之助は畳に千代紙をひろげて遊んでいる。

「吉之助！」

小雪が声をかけた。顔がこわばっている。

吉之助は千代紙を手にしたまま、首をまわして小雪を見た。小雪の声に、ふだんとちがうとがったひびきがあったからである。

「小母《おば》ちゃん、なに」

「だれか来たようだよ」

小雪は吉之助のそばに膝を折ると、吉之助の肩に腕をまわして引き寄せた。

そのとき、腰高障子があき、男たちが入ってきた。四人だった。いずれも頰っかむりして顔を隠していたが、長屋の住人でないことはすぐに分かった。

「あんたたち、だれなの！」

小雪が声を上げた。

「ちょいと、頼まれやしてね」

兄貴格の男が、草履《ぞうり》のままずかずかと座敷に上がってきた。他の三人もつづく。

「何をするのよ！」

小雪は吉之助をかばうように両手で抱いた。

「痛い目に遭いたくなかったら、おとなしくしてな」

大柄な男が腕を伸ばし、小雪から吉之助を引き離して抱え上げた。

そのとき、小雪は、男の小鼻の脇に黒子があるのを目にした。

「嫌だよ、嫌だよ……」

吉之助が泣き声を上げ、男の手から逃れようとして背を反らせて足をバタバタさせた。

「だれか、助けて!」

小雪がひき攣ったような叫び声を上げた。


このとき、刀十郎は山城と対峙していた。刀十郎は抜刀していたが、山城は抜かなかった。刀の柄を握って、抜刀体勢を取ったままである。

ふいに、小雪の叫び声が聞こえた。喉を裂くような声である。

……しまった!

刀十郎は、何が起こったのか察知した。何者かが、小雪と吉之助のいる家に侵入したのだ。狙いは、吉之助を連れ出すためであろう。

「罠《わな》にかかったな」

山城が薄笑いを浮かべて、さらに後じさった。他の三人も、後ろへ身を引いた。逃げる気らしい。

「おのれ！」

刀十郎は、反転して駆けだした。山城たちにかかわっている余裕はなかった。小雪と吉之助があやういのだ。

「こいつらに、かまうな！」

宗五郎が叫んで、刀十郎の後を追った。

権十、彦次がつづき、その後からにゃご松や為蔵たちが駆けだした。まわりを取りかこんでいた男たちも、いっせいに刀十郎の家の方に走りだした。

戸口から転げるように飛び出してきた小雪の姿が、刀十郎の目に入った。

「小雪！」

刀十郎は小雪に駆け寄った。

「お、おまえさん、吉之助が！」

ひき攣ったような声を上げ、小雪が向かいの棟の脇を指差した。

向かいの棟の先に、四人の男の姿があった。ひとりの男が、吉之助を抱きかかえている。男たちは、裏手の板塀の方へ駆け去っていく。

「待て！」

刀十郎は男たちの後を追った。すこし遅れて、宗五郎たちが駆けてくる。

四人の男は、板塀の隙間から外へ出た。そこから侵入したようだ。

刀十郎は懸命に走った。何とか吉之助を取り戻したかった。刀十郎は板塀の隙間から飛び出した。

……どこだ！

四人の男の姿はなかった。

板塀の外は雑草におおわれた狭い空き地があり、その先は別の長屋の板塀になっていた。右手には狭い路地があり、左手は商家の古い土蔵が建っていた。土蔵の脇にも表通りにつづく細い路地がある。

吉之助を攫った男たちは左手に行ったのか、右手に行ったのか。分からない。まごまごしていると、吉之助を攫われてしまう。

そのとき、宗五郎たちが板塀の隙間から飛び出してきた。

「義父上、右手へ！」

叫びざま、刀十郎は左手に走った。

雑草の茂った空き地を走り抜け、土蔵の脇の路地に走り込んだ。

……いない！

細い路地は一町ほどつづき、突き当たりに表通りがあった。表通りを歩く人影がちいさく見えた。男たちの姿はない。

刀十郎は路地を走った。すでに、四人の男は路地を抜け、表通りに出たのかもしれない。路地を走り抜けて表通りへ出ると、通りの左右に目をやった。

四人の男の姿はどこにもなかった。表通りは、ふだんと変わらず、ぼてふり、町娘、風呂敷包みを背負った店者《たなもの》、供連れの武士などが行き交っている。

……逃がしたか。

これ以上追っても仕方がない、と刀十郎は思った。

刀十郎は長屋の裏手の空き地に取って返した。宗五郎たちが、吉之助を助け出したかもしれないのだ。

空き地には、長屋の住人が大勢集まっていた。宗五郎の家のまわりに集まっていた男たちだけではなかった。女子供や年寄りの姿もあった。騒ぎを聞きつけて、集まってきたのである。

小雪と初江の姿もあった。ふたりは、蒼ざめた顔で、叢のなかにつっ立っている。

「お、おまえさん、吉之助は……」

小雪が声を震わせて訊いた。顔が不安と悲痛にゆがんでいる。小雪は、一つ屋根の下でいっしょに暮らすうち、吉之助に情が移り、自分の子のように思うところがあったのだ。

刀十郎は小雪と目を合わせると、ちいさく首を横に振り、

「義父上たちが、連れもどせるといいのだが……」

と、つぶやくような声で言った。まだ、宗五郎たちは、その場にもどっていなかったのだ。

それから、いっときして宗五郎たちが、もどってきた。吉之助を連れていなかった。どの顔にも落胆の色があった。

「だめだ、吉之助はどこにも見当たらぬ」

宗五郎が肩を落として言った。

「吉之助！」

小雪が悲痛な声を上げ、両手で顔をおおった。

第四章　芸人たち

1

「大変なことになった」

渋川が苦渋に顔をゆがめて言った。

首売り長屋に、六人の男が集まっていた。刀十郎、宗五郎、権十、彦次、それに渋川と松山だった。

山城たちが吉之助を連れ去った後、刀十郎は松山に連絡を取り、今後どうするか相談するために、渋川と松山に長屋に来てもらったのだ。

「一味が、あれほど大勢で長屋に乗り込んでくるとはな」

宗五郎が渋い顔をして言った。

刀十郎、権十、彦次も暗い顔をして、肩を落としている。どう言い訳しようが、吉之助を敵に奪われてしまったのだ。

「吉之助は、連れ去られただけだ。殺されたわけではない」

刀十郎が鼓舞するように言った。

長屋に侵入した一味は、吉之助に危害をくわえず連れ去ったのである。いまもどこかに監禁されているはずだ。監禁場所さえ分かれば、助け出すこともできるのである。

そのことを刀十郎が言うと、

「だが、日がない。あと、十日ほどでござる」

渋川によると、清水家では吉之助とおふさを迎える準備が着々と進められているそうだ。すでに、屋敷内の改装はあらかた終わり、調度類や夜具などをととのえているところだという。

「殿は、来月の十日がいいとおおせられている。……残暑もやわらいでくるだろうし、日柄もいいそうなのだ」

渋川が言い添えた。

「あと、十日ほどか」

今日は六月の晦日《みそか》である。七月十日となると、吉之助とおふさが清水家に入る日は、ちょうど十日後ということになる。

「何か理由をつけて、二、三日は延ばすこともできようが……」

渋川が自信なさそうに言った。

「ともかく、十日の間に吉之助を助け出そう」

刀十郎が訴えるように言うと、

「かたじけない。そこもとたちは、清水家とは何のかかわりもないのに、身内のように尽力していただき……」

松山が、刀十郎たちに深々と頭を下げた。すると、渋川も、まことにありがたいことでござる、と言って低頭した。

「預かった吉之助を敵に攫われたのは、われらの手落ちだ。何としても助け出す」

刀十郎は語気を強くして言った。

大金を貰った手前もあるが、それより刀十郎と小雪は吉之助に情が移り、他人のように思えなかったのだ。刀十郎たちだけではないだろう。宗五郎や初江にも、同じような思いがあるはずだ。長屋の住人たちもそうである。仲間意識が強いこともあって、長屋で暮らす吉之助をみんなで守ろうとする気持ちが強いのだ。

「今日からは、それがしも吉之助さまの探索のために歩くつもりでござる」

松山がけわしい顔をして言った。

松山は、これまで、吉之助が首売り長屋に匿われていることを敵に気付かれないように長屋に来るのは控えていたが、今日からはそうした配慮をする必要はないのだ。

「わしらも、そこもとたちと頻繁に連絡を取り合うようにしよう」

宗五郎が言った。

集まった男たちが口をつぐみ、座敷が静寂につつまれたとき、

「一味の頭格の男は、分かっているのだ」

と、刀十郎が声をあらためて言った。

「だれです？」

「山城源之丞。南紺屋町にある神山道場の門弟だった男だ」

「山城……。聞いたような名だが……」

松山がつぶやくような声で言った。おそらく、噂を耳にしたことがあるのだろう。

「わしらの推測だが、小松と山城のつながりも分かってきた」

宗五郎が、小松と山城は同じ神山道場の門弟であり、同じころ稽古に通っていたらしいことを言い添えた。

「やはり、小松が後ろで糸を引いておったか」

そう言って、渋川が怒りの色を浮かべた。

「仲間のふたりも、神山道場の門弟だったのかもしれんな」

刀十郎が言った。何の根拠もなかったが、そんな気がしたのである。

「いずれにしろ、神山道場の門弟をたどれば、他のふたりの正体もつかめるかもしれん」

と、宗五郎。

「それがしに、やらせてもらえませんか」

松山が身を乗り出すようにして言った。

「神山道場にかかわる探索は、松山どのに頼もう」

宗五郎が言った。

「わしは、吉之助さまたちを屋敷に迎える日を遅らせるよう殿に働きかけよう」

そう言って、渋川が立ち上がった。話は一通り済んだのである。

渋川と松山を送り出した後、宗五郎は権十と彦次に、陽が沈んでから大道芸や物貰い芸で市中をまわっている男たちを集めるよう頼んだ。

六ツ半（午後七時）ごろ、宗五郎の家に長屋の男たちが、十数人集まった。宗五郎と刀十郎をはじめ、権十、彦次、にゃご松、為蔵、仙太、それに、金輪使いの浅《あさ》吉《きち》、籠抜《かごぬ》けの安次郎《やすじろう》、膏薬《こうやく》売りの万吉《まんきち》などである。いずれも、大道芸人、物貰い芸人、物売りなどで、人出の多い場所や町筋をまわって銭を稼ぐ男たちだった。

初江の姿はなかった。これだけの男たちが集まると初江の居場所がないので、小雪の家へ避難していたのである。

部屋の隅に行灯が置かれていたが、なかは薄暗かった。おまけに、狭い部屋のなかに男たちが密集していた。汗の臭《にお》いと熱気が充満し、息苦しいほどであった。薄闇のなかで、男たちの目が底びかりしていた。半裸の為蔵の巨体にはびっしりと汗が浮き、行灯のひかりを映して鬼のように赭黒く染まっている。

「吉之助が攫われたことは、知ってるな」

宗五郎が額の汗を手の甲で拭《ぬぐ》いながら言った。

「へい」

為蔵が返事すると、男たちがいっせいにうなずいた。

「このままにしてはおけぬ」

「そうだとも！」

仙太が声を上げた。

「明日から、仕事の合間に吉之助を攫ったやつらを探ってくれ。遊び人ふうのやつらが、四人だ」

宗五郎は、長屋の男たちに吉之助を連れ去った男たちの探索だけ頼むことにした。山城たちに迂闊に近付くと三助の二の舞いになる恐れがあったからである。

「宗五郎の旦那、遊び人ってえだけじゃァ雲をつかむような話ですぜ」

にゃご松が言った。

「もっともだ。だが、ひとりだけ嗅《か》ぎ出しやすいやつがいる。四人の兄貴格らしいんだが、そいつの鼻の脇に小豆粒ほどの黒子があったそうだ」

宗五郎が小鼻の脇を指先で押さえて、ここだ、と言い添えた。宗五郎は小雪が目にしたことを、刀十郎を通して聞いていたのである。

「それだけ分かりゃァ、何とかなりやすぜ」

にゃご松が言うと、あちこちから、何とかなる、おれが嗅ぎ出すぜ、鼻の脇の黒子だな、などという声が起こった。

「日当を出す」

宗五郎が言った。これまでも、探索に手を貸してくれた男たちに日当を出していたが、新たにくわわった者もおり、宗五郎はあらためて出そうと思ったのである。それに、渋川から貰った金が、まだ十分残っていたのだ。

「ひとり頭、一両だ」

宗五郎が、指を一本立てて男たちに示した。

ワアッ、と男たちがいっせいに歓声を上げ、狭い部屋のなかで雷鳴のようにひびいた。おまけに、男たちが腰を浮かせたり、畳をたたいたりしたので部屋が震動し、行灯のひかりに浮かび上がった男たちの姿が揺れ動いた。まるで、穴蔵のなかで獣たちが蠢《うごめ》いているようである。

2

膏薬売りの万吉は、浅草寺の雷門の脇に店を出していた。雷門の脇といっても、門から半町ほども離れた広小路の隅である。

万吉は奇妙な格好をしていた。剥製《はくせい》にした熊を頭からかぶり、継ぎ当てのある腰切り半纏《ばんてん》に腰蓑《こしみの》をつけ、山出しの猟師のような格好をしていた。

万吉は一枚だけ茣蓙《ござ》を敷き、その隅に胡座をかいていた。膝先には、貝殻につめた膏薬が並んでいた。熊の膏《あぶら》から作った薬で、打身、切疵《きりきず》、腫《は》れ物などに効くといわれている。もっとも、万吉の薬は実際に熊の肉からとったものではなく、魚油や赤土などを捏《こ》ねてそれらしく作ったものである。効くかどうか怪しいものだが、塗り薬なので、害にはならないだろう。

熊の剥製や猟師のような格好は、人目を引くためと、熊からとった薬であることを強調するためだった。

万吉は客に声をかけたり、効能をしゃべったりしなかった。黙って座っているだけである。その奇異な格好だけで、客が集まるのだ。

いまも、万吉の前にふたりの客がたかっていた。ひとりは、小店の女房らしいでっぷり太った中年女で、もうひとりは遊び人らしい若い男だった。

「この薬、効くのかい」

女房らしい女が、膏薬のつまった貝殻を手にして訊いた。

「効くとも。塗ってみりゃァ分かるぜ」

万吉は素っ気なく言った。効能をぺらぺらしゃべるより、こうした物言いの方が効果があることを知っていたのである。

「いくらだい？」

「ひとつ、百文。傷が治れば安いものだ」

「……塗ってみようかね」

女は襟元から紙入れを取り出した。

紙袋に入った膏薬を手にして女が去ると、若い男が万吉の前に屈み込み、

「この傷にも、効くかい」

と言って、右袖を捲《まく》り上げた。

二の腕に、三寸ほどの傷があった。刃物の傷である。すでに血はとまっていたが、赤く腫れている。

「これを塗って、四、五日すりゃァ、腫れは引いてくるはずだ」

「ひとつ、もらうか」

男がふところから巾着を取り出した。

「おめえなら、ひとつ五十文でいいぜ」

万吉が急に声をひそめて言った。

「ほう、どういうことだい？」

男は巾着につっ込んだ手をとめ、万吉に顔をむけた。訝《いぶか》しそうな色がある。

「訊きてえことがある」

「何を訊きてえ」

「おめえなら知ってると思うが、こういう商売をしてると、いろいろ厄介事に巻き込まれるのよ」

「…………」

巾着につっ込んだ男の手はとまったままである。

「半月ほど前だが、この近くで商売をするなら銭を出せ、と脅されてな。それが、一分だぜ。一分も取られちゃァ、儲《もう》けはみんな持っていかれちまうからな」

万吉はもっともらしく言ったが、作り話である。

「それで？」

男は巾着から手を出した。銭を握っている。

「そいつの名は知らねえんだが、ここんところに黒子がある男だ」

万吉は小鼻の脇を指差し、

「おめえ、そいつを知らねえかい。なに、この辺りに塒《ねぐら》があるなら、別の場所に店を出そうと思ってな」

と言いながら、膏薬を紙袋に入れた。

「市蔵《いちぞう》かもしれねえ。……たしか、あいつの鼻の脇に黒子があったな」

男が言った。

「市蔵って男の塒は、この辺りかい」

「塒は、知らねえな。何度か、山下界隈で見かけたことがあるから、その辺りじゃァねえのかい」

山下は、上野の寛永寺のある東叡山《とうえいざん》の東の麓《ふもと》にひろがる繁華街である。水茶屋、料理屋などが軒を並べ、茶汲み女が肌を売ることでも知られていた。

「ほら、銭だ」

男はつまみ出した銭を万吉に手渡し、膏薬の入った紙袋を受け取った。

……明日は、山下へ行ってみるか。

万吉は、離れていく男の背に目をむけながらつぶやいた。


日本橋馬喰町《ばくろちょう》。表通りからすこし入った細い路地に下駄屋があった。その店先ににゃご松が立っていた。猫の目かずらをかぶり、黒の法衣に手甲脚半姿で、手に托鉢の鉄鉢でなく、鮑の殻を持っている。

……にゃんまみだぶつ、にゃんまみだぶつ……。

と、にゃご松が唱え始めた。

店の奥から、五十がらみと思われる男が、客らしい娘といっしょに出てきた。男は店の親爺《おやじ》らしい。前垂れに、木屑《きくず》が付いていた。下駄の台を削った屑であろう。

「な、なに、このひと」

娘が目を剝いてにゃご松を見つめた。

「愚僧は、猫向院から来たにゃご入道でござる。……にゃんまみだぶつ、にゃんまみだぶつ……」

にゃご松は、奇妙な念仏を唱えている。

「妙なやろうだぜ」

親爺は、驚きと戸惑いに目を見開いたまま戸口につっ立っている。

「愚僧の念仏で、おふたりの厄難を祓《はら》ってしんぜよう。にゃんまみだぶつ、にゃんまみだぶつ……。お布施を、にゃんまみだぶつ……」

にゃご松が、念仏を唱えながら手にした鮑の殼を前に出すと、

「にゃご入道さまの有り難い念仏を聞いちゃァ、出さねえわけにいかねえな」

親爺は笑いながら巾着を取り出し、鰹節《かつおぶし》でも買いな、と言って、鐚銭《びたせん》をつまみ出して鮑の殼に落としてやった。

「おかしなひと……」

娘は笑いながらにゃご松から離れていった。

娘の下駄の音が遠ざかったとき、

「ところで、旦那、妙な噂を聞きやせんでしたか」

にゃご松が、声をひそめて言った。

「な、なんのことだ」

親爺が声をつまらせて訊いた。にゃご松が、急に声色を変えたので驚いたらしい。

「この辺りに、あっしらのような者の稼ぎのうわまえを撥《は》ねるやつがいると聞いてるんだが、知らねえかい」

「なんてえ名だい」

「名は知らねえが、遊び人で、鼻の脇に小豆粒ぐれえの黒子があるんだ」

「黒子な……。知らねえな。この辺りに、お布施のうわまえを撥ねるような阿漕《あこぎ》なことをするやつは、いねえよ」

親爺は、きびすを返した。いつまでも、にゃご松に付き合って油を売っているわけにはいかないと思ったようだ。

「にゃんまみだ。……柳原通りにでも、行ってみるか。……にゃんまみだ」

にゃご松は、ぶつぶつ言いながら下駄屋の前を離れた。

同じころ、雷為蔵は深川の富ケ岡八幡宮の門前でひとり相撲を演じながら、集まった客から言葉巧みに、小鼻の脇に黒子のある男のことを聞き出していた。また、金輪使いの浅吉や籠抜けの安次郎なども、寺社の門前や広小路など人出の多い場所で大道芸を見せ、集まった客たちにそれとなく黒子のある男のことを訊いていた。

これが、首売り長屋の住人のやり方だった。江戸の各地に散った大道芸人、物貰い芸人、物売りなどが、いっせいに情報を掻き集めるのである。

長屋にもどった万吉や為蔵たちは、聞き込んできた情報を交換し合い、万吉の聞き込んだことから、

「山下辺りを縄張にしている市蔵という男らしい」

ということになり、翌日から、多くの男たちが山下周辺にむかった。

こうやって探索地域をせばめ、狙った相手を嗅ぎ出すのである。

3

「刀十郎さん、小雪ちゃん、いる?」

腰高障子の向こうで、初江の声がした。声に妙に昂ったひびきがある。何かあったのだろうか。

刀十郎は座敷にいた。小雪の淹れてくれた茶を飲んでいたのである。

「初江さん、入って」

茶道具を片付けていた小雪が声をかけた。

小雪にとって初江は継母だが、初江さん、と呼んでいた。あまり歳がちがわないこともあったし、父の宗五郎が初江といっしょになる前、同じ長屋に住んでいて初江さんと呼んでいたからである。

「き、来ましたよ」

初江は、土間に入ってくるなり言った。困惑と好奇心が入り交じったような複雑な顔をしていた。

「だれが、来たのです」

刀十郎が訊いた。

「吉之助の母親のおふささん」

「なに、おふささんだと」

思わず、刀十郎が聞き返した。小雪も驚いたような顔をして、初江を見た。

「うちの旦那に、すぐ、ふたりを呼んでこいって言われてね」

初江が土間に立ったまま言った。

「それで、おふささんひとりか」

刀十郎が立ち上がりながら訊いた。

「松山さまが、いっしょですよ」

「そうか」

刀十郎は小雪に、いっしょに行こう、と声をかけ、初江につづいて、戸口から出た。

夏らしい強い陽射しが、首売り長屋に照りつけていた。八ツ半（午後三時）ごろであろうか。長屋はひっそりとしていた。ときおり、どこかの家から赤子の泣き声や幼児の笑い声などが、聞こえてくるだけである。亭主たちは稼ぎに出ていて、女房たちは夕餉の支度を始める前のいっとき、昼寝でもしているのかもしれない。

おふさと松山は、座敷に座していた。宗五郎は戸惑うような顔をしてふたりと対座していた。

おふさは、色白の年増だった。眉を剃り、鉄漿《かね》を付けている。丸髷で、子持縞の単衣に渋い海老茶《えびちゃ》の帯をしめていた。町人の女房のような身装《みなり》である。

細い眉や形のいい唇などが、吉之助に似ていたが、その顔には、悲痛と不安が色濃く刻まれていた。吉之助が攫われてから、眠れない夜を過ごしたにちがいない。目に隈ができ、肌に艶がなかった。それに、ひどくやつれている。

「おふさどのです。どうしても、島田どののたちにお会いしたいと言われたので、お連れしました」

松山が小声で言った。松山の顔にも、苦悶の翳があった。

「ふさでございます。……吉之助を助けていただき、まず、お礼をもうしあげます」

おふさは指先を畳について、刀十郎や小雪に頭を下げた。肩先がかすかに震えている。

刀十郎たちが吉之助を助け、長屋で匿っていたことは、松山からおふさに逐一伝えられていたのであろう。

おふさの物言いは、町人の娘の言葉とは思えないほど丁寧だった。大身の旗本の子を産み、その子を武士の子として育てたことで、物言いも武家言葉のようになったのかもしれない。

「島田刀十郎でござる」

刀十郎が名乗ると、脇に座した小雪が、小雪です、と名乗って頭を下げた。

「おふさどのは、吉之助のことでみえられたようだ」

宗五郎が小声で言った。

「吉之助のことで、みなさまにお願いがあって来ました。……吉之助の身を、守ってください」

おふさが、悲痛な声で言った。

「わしらも、清水家から迎えが来る日までに、吉之助を助け出したいと思っているのだ」

宗五郎が言った。

「し、島田さま、吉之助の身にもしものことがあったら……」

おふさは、声をつまらせて顔を伏せた。

いっとき、おふさは胸に衝《つ》き上げてきた感情に耐えているようだったが、顔を上

げて、

「わたし、吉之助が清水家を継げなくなってもいいんです。とにかく、無事に帰ってきて欲しいんです」

と、訴えるように言った。おふさは、清水家のことより母親として吉之助を守りたいようだ。

すると、脇に座していた松山が、

「おふささまは、吉之助さまを攫った者たちと斬り合いになり、吉之助さまが命を落とされるようなことにならないか、心配されているのです」

と、苦悶の色を浮かべて言った。

「うむ……」

刀十郎は、おふさの気持ちが痛いほど分かった。おふさは吉之助のことが心配で居ても立ってもいられず、松山に話してここに来たのであろう。

「き、吉之助を助けて……」

おふさが声を震わせて言った。

次の口をひらく者がなく、部屋のなかは重苦しい沈黙につつまれた。おふさは、唇を嚙みしめ、肩先を震わせていた。

「おふささん」

小雪が声をかけた。

「心配しないで……。きっと、うちのひとや父上が、吉之助を助け出してくれます。それに、長屋のひとたちがみんなで、あの子を探しています。ちかいうちに、きっと見つかりますよ」

小雪がきっぱりと言った。その声には、聞く者を安心させるようなひびきがあった。小雪はふだん長屋で呼んでいるように、吉之助と呼び捨てにしたが、それが却《かえ》って吉之助のことを親身になって思っていることを感じさせた。

「…………」

おふさは顔を上げて小雪を見た。

「わたし、吉之助がここに来てからいっしょに暮らしてました。……あんな可愛い子はいません。吉之助に手をかけるなど、鬼だってできやしませんよ」

さらに、小雪が言うと、

「あ、ありがとう……」

おふさが、声をつまらせて言い、両手で顔をおおった。

嗚咽《おえつ》が込み上げてきたらしい。おふさは、肩を震わせて泣きだした。指の間から、喘鳴《ぜんめい》のような嗚咽が洩れている。

4

「旦那、やっと市蔵の塒が分かりやしたぜ」

にゃご松が言った。

宗五郎の家だった。部屋の隅の行灯のひかりに、六人の男の姿が浮かび上がっていた。刀十郎、宗五郎、権十、彦次、それににゃご松と為蔵だった。初江は小雪の家へ出かけている。

おふさと松山が首売り長屋に姿を見せた翌日だった。にゃご松や為蔵たちは、山下周辺へ出かけ、市蔵の塒をつきとめるために聞き込みにまわっていたのだ。

「どこだ」

宗五郎が訊いた。

「下谷《したや》の車坂町でさァ」

車坂町は、東叡山の麓の山下と呼ばれる通りちかくにある。

「長屋か」

「それが、借家なんでさァ」

にゃご松によると、助八《すけはち》という男といっしょに住んでいるそうだ。近所の者の話では、助八は市蔵の弟分らしいという。

「どうする?」

権十が訊いた。権十の出自は武士だったので、宗五郎に対してもへりくだった物言いはしなかった。

「ふたりを尾ける手もあるが……」

宗五郎が思案するように視線を膝先に落とした。

「だが、悠長に構えている暇はないぞ」

と、権十。大きな歯が行灯の灯《ひ》を映して、血でも口にふくんだように赤くひかっている。

今日は七月の三日だった。七月十日まで、七日しか残っていない。渋川から何も言ってこなかったが、二、三日は延びたのかもしれない。いずれにしろ、じっくり構えている暇はないだろう。

「ふたりを捕らえて、吐かせよう」

刀十郎が言った。

ふたりを尾行しても、吉之助の監禁場所はなかなかつきとめられないだろうと思ったのだ。

「わしらがやったと山城たちに気付かれぬよう、ふたりを長屋に連れてきたいな」

宗五郎が言った。

「身を変えましょう」

刀十郎は、変装して借家に忍び込み、ふたりを捕らえればいい、と言い添えた。そうすれば、首売り長屋の者たちがやったと、山城たちにも気付かれないだろう。

幸い、長屋には変装する衣装や小道具がそろっている。

「よし、それでいこう」

宗五郎が、男たちに目をやって言った。

「それで、いつやります」

きた。


刀十郎が訊いた。

「早い方がいい。明日の夕方だな」

今夜というわけには、いかなかった。すでに、五ツ（午後八時）を過ぎている。

翌日、陽が家並の向こうに沈み始めたころ、宗五郎の家の前に男たちが集まってきた。


昨日集まった六人にくわえ、万吉の姿もあった。万吉が市蔵の塒を嗅ぎつけたので連れていくことにしたのである。

刀十郎と宗五郎は、法衣に手甲脚半姿で雲水のような格好をしていた。頭の髷を隠すために、網代笠《あじろがさ》をかぶった。夕闇につつまれれば、だれもが雲水だと思うはずである。

権十と彦次は風呂敷包みを背負い、菅笠《すげがさ》をかぶっていた。行商人のような扮装《いでたち》である。

にゃご松、為蔵、万吉の三人は、黒の半纏に股引姿だった。大工か職人のような格好である。

為蔵が大八車を引いていた。長持がふた棹《さお》積んである。大八車と長持は、堂本座から借りてきたのである。衣装や小道具を運ぶために、ふだんから堂本座の見世物小屋に置いてあったのだ。

「行くぞ」

宗五郎が声をかけた。

先に長屋を出たのは、にゃご松と万吉だった。ふたりは、市蔵の住む借家を知っていたので先導役になったのである。つづいて、刀十郎と宗五郎。さらに、すこし間を置いて、権十と彦次。その後ろから為蔵が大八車を引いて長屋を出た。強力の為蔵は、大八車を引くのにひとりでも苦にならない。

男たちがすこしずつ間を置いて長屋を出たのは、変わった衣装の者たちがいっしょに歩いていては人目を引くからである。

にゃご松と万吉に先導された男たちは、浅草の町筋を北にむかい、東本願寺の脇に出ると、廣徳寺《こうとくじ》前の通りを東叡山の方へむかった。その通り沿いに、車坂町はひろがっている。

車坂町に入って間もなく、前を行くにゃご松と万吉が右手の路地へまがった。市蔵たちの住む借家は、その路地の先にあるらしい。

宗五郎たちが路地へ入ると、一町ほど先でにゃご松と万吉が待っていた。

路地の両側には小店や表長屋などがつづいていたが、どの店も店仕舞いし、淡い夕闇につつまれていた。六ツ半（午後七時）ごろであろうか、路地に人影はなく、ひっそりと静まっている。

「どこだ」

宗五郎が訊いた。

「あの家でさァ」

八百屋らしい小店の先に、板塀をめぐらせた仕舞屋《しもたや》があった。小体《こてい》な古い家である。その先が空き地になっていて、雑草が繁茂していた。

「空き地まで行ってみよう」

宗五郎たちは空き地まで行き、板塀の隙間からなかを覗いてみた。家のなかに人がいるらしく、障子が明らんでいた。

いっときすると、為蔵が大八車を引いてきた。家にいる者に、車を引く音が聞こえたかもしれないが、何の反応もなかった。家の前を通り過ぎたので、不審を抱かなかったのだろう。

「そろそろだな」

宗五郎が辺りに目をやって言った。

板塀の陰には、夜陰が忍び寄っている。上空は藍色《あいいろ》を帯び、星のまたたきも見られた。

宗五郎と刀十郎は長持をあけて、なかに入っていた大刀を手にした。雲水の格好では刀を差してこられなかったので、長持に入れてきたのである。

「行くぞ」

宗五郎が空き地から出た。刀十郎、権十、彦次、為蔵がつづいた。為蔵は権十と同じように巨漢で強力の主だったので、捕らえた市蔵たちを運ぶために同行したのだ。

万吉とにゃご松は大八車のそばに残った。市蔵と助八を捕らえるのに、それほどの人数はいらなかったのである。

路地に面したところに枝折り戸《しおりど》があった。家の住人は、枝折り戸から路地へ出入りしているようだ。宗五郎たちは、枝折り戸を押して敷地内に入った。

家のなかから話し声が聞こえた。くぐもった声なので、話の内容は聞き取れなかったが、男がふたりで話していることは分かった。市蔵と助八であろう。

「旦那、あきそうですぜ」

　彦次が戸口の引き戸に手をかけて言った。心張り棒は支《か》ってないらしい。

「刀十郎、念のため縁先の方へまわってくれ」

　宗五郎が小声で言った。

　刀十郎は無言でうなずいた。路地に面した側に縁側があり、その先が座敷になっているらしく障子が立ててあった。障子が明らんでいる。その座敷に、市蔵と助八がいるのかもしれない。

　刀十郎につづいて、彦次と為蔵が足音を忍ばせて縁側の方へまわった。宗五郎と権十が戸口から踏み込むのである。

5

　辺りは濃い夕闇につつまれていた。

　障子が行灯の灯《ひ》で明らみ、かすかに人影が映っていた。その障子の向こうから、ボソボソと話し声が洩れてくる。ときおり、瀬戸物の触れ合うような音や下卑た笑い声もした。ふたりで、酒でも飲んでいるようだ。

刀十郎たち三人は、縁側を前にして立った。宗五郎と権十が踏み込み、逃げ出してきたら捕らえるのである。

そこは庭とはいえないような狭い場所で、雑草におおわれていた。暗くなってきたせいか、叢のなかで鳴く虫の音が、すだくように聞こえてくる。

刀十郎は手にしていた大刀を腰に差した。斬るつもりはなかったが、飛び出してきたら峰打ちにするつもりだった。

戸口の引き戸をあける音が、かすかに聞こえた。宗五郎と権十が家のなかに入ったらしい。

そのとき、宗五郎と権十は足音を忍ばせて廊下を歩いていた。戸口から奥の座敷につづく短い廊下である。

廊下に面した障子がぼんやりと明らんでいた。そこに、市蔵たちがいるらしく、低い話し声が洩れてきた。まだ、宗五郎たちの侵入に気付いていないらしい。

明らんだ障子の前まで来たとき、ふいに話し声がやんだ。市蔵たちが、侵入者に気付いたようだ。瀬戸物の触れ合うような音も衣擦れの音も聞こえない。息を呑んで、廊下の気配をうかがっているにちがいない。

「だれか、廊下にいるのか」

いきなり、男の声が聞こえた。

宗五郎が障子をあけはなった。ふたりの男が、胡座をかいていた。ふたりの膝先に貧乏徳利と小丼が置いてあった。小丼には、肴でも入っているらしい。

宗五郎と権十が踏み込んだ。ふたりとも素手である。

「てめえ！　首売り長屋の」

叫びざま、大柄な男が手にした湯飲みをいきなり投げつけた。そして、立ち上がるや否や、縁側に面した障子をあけて外へ飛び出した。もうひとりの男も、這うようにして縁側の方へ逃れた。

「逃がすか！」

権十が座敷に飛び込んだ。

権十は畳を這って縁側へ逃れようとした男におおいかぶさり、襟元をつかんで畳に押しつけた。巨岩のような体である。男は身動きできなかった。わずかに、手足をばたつかせただけである。

大柄な男は敏捷《びんしょう》だった。宗五郎が追ったが、動きは大柄な男の方が速かった。座敷から縁先に飛び出し、外へ逃れようとした。


そのとき、刀十郎は縁側を前にして、抜刀体勢を取っていた。

廊下へ飛び出してきた大柄な男は、刀十郎に気付かなかったようだ。夕闇が深かったからであろう。

男は縁先から庭へ飛び下りた。

「待っていたぞ！」

刀十郎は抜刀し、男の前に踏み込んだ。

ギョッ、としたように男が立ちすくんだ。目の前に迫ってきた刀十郎に気付いたのである。一瞬、男は目をつり上げ、凍りついたようにつっ立ったが、ワアッ、と叫び声を上げ、反転して逃げようとした。

瞬間、峰に返した刀十郎の刀が一閃した。

ドスッ、という皮肉を打つにぶい音がし、男の上体が前にかしいだ。刀十郎の峰打ちが男の腹を強打したのだ。

男は前によろめき、雑草に足をとられて頭からつっ込むように転倒した。それでも身を起こし、呻き声を上げながら這って逃れようとした。

「じたばたするない！」

為蔵が男に飛びつき、上からのしかかるようにして両肩を押さえつけた。強力である。

男は叢に腹這いになったまま身動きできなくなった。そこへ、彦次が駆け寄り、ふところから細引《ほそびき》を取り出して、男の両腕を後ろに取って縛り上げた。

「猿轡《さるぐつわ》をかませよう」

刀十郎が手ぬぐいで、猿轡をかました。騒がれると面倒だったのである。

そうしているところへ、座敷から宗五郎と権十が出てきた。権十は後ろ手に縛った男を肩に担いでいた。やはり、猿轡をかましてある。

「捕らえたか」

宗五郎が、為蔵に押さえつけられている大柄な男を見て言った。

「この男が、市蔵のようです」

刀十郎が言った。大柄な男の鼻の脇に黒子があったのだ。もうひとり、権十が担いでいる男が助八であろう。

「為蔵、市蔵を担いできてくれ」

宗五郎が声をかけると、為蔵は市蔵を小脇にかかえるようにして持ち上げた。巨漢の為蔵に抱えられると、大柄な市蔵も子供のようである。

市蔵と助八は長持に入れられ、大八車で首売り長屋まで運ばれた。長屋の北側の棟に空き部屋があったので、とりあえずその部屋に入れられた。深夜だったが、そのまま刀十郎たちは市蔵と助八を訊問することにしたのだ。

黴臭《かびくさ》い部屋だった。運ばれた行灯に火が点《とも》され、宗五郎たち七人の姿が浮かび上がった。

長持から出された市蔵と助八は、恐怖に顔をゆがめて、取り囲んでいる男たちに目をやった。

「猿轡を取ってやれ」

宗五郎が言うと、権十と為蔵がふたりの猿轡を取ってやった。

「ここは、どこだ」

市蔵が声を震わせて訊いた。

「おまえたちの出方によっては、地獄の一丁目だな」

宗五郎が低い声で言った。

「…………」

市蔵と助八は、怯えたように身を顫わせている。

「なに、おまえたち次第だ。わしらは、客を喜ばせるのが商売でな、手荒なことは嫌いなんだよ」

そう言って、宗五郎は笑みを浮かべた。ただ、市蔵と助八を見つめた目は笑っていなかった。行灯の灯を映して熾火《おきび》のようにひかっている。

6

「長屋から連れ出した吉之助だが、いま、どこにいるのだ」

宗五郎がおだやかな声で訊いた。

「し、知らねえ」

市蔵の声は震えていた。助八も血の気のない顔で、恐怖に身をすくませている。

「しゃべる気はないか」

「知らねえものは、しゃべれねえ」

市蔵が顎を突き出すようにして言った。

すると、宗五郎の脇にいた権十が、

「おれが、こいつに、しゃべるようにしてやる」

そう言って、市蔵の前に出て腰を屈め、ニタリと笑った。獅子舞の獅子頭のような歯が剝き出しになり、行灯の灯を映して赤くひかっている。不気味な顔である。

「おれの歯がいいか、それとも腕がいいか」

権十は袖をたくし上げ、丸太のように太い右腕をあらわにした。

「歯で指を食い千切るか、それとも、この腕で頭をねじって首の骨を折るかだが、縄を解くのが面倒だから首の骨だな」

そう言って、権十は市蔵の脇に立った。

ヒイイッ、と市蔵は喉を裂くような悲鳴を上げ、恐怖に目をつり上げた。

「市蔵、おれたちは、おまえが死んでもかまわないのだ。助八に訊けばいいんだからな」

権十は太い腕で市蔵の頭を抱え、力を込めた。

「痛《いて》ッ！　や、やめろ」

市蔵の顔がゆがみ、眼球が飛び出すほど目を剝いた。

「しゃべるか」

「しゃ、しゃべる！」

「初めから、そう言えばいいのだ」

権十は腕を離した。

「市蔵、もう一度訊くぞ。吉之助はどこにいるのだ」

宗五郎が声をあらためて訊いた。

「し、知らねえんだ……」

まだ、市蔵の顔がゆがんでいる。

「おまえ、ほんとに頭を割られたいのか。権十なら、わけないぞ」

宗五郎が言った。

「ほんとに、知らねえんだよ。おれたちは、あの餓鬼を岩本町にある矢《や》島《じま》の旦那の家に連れてっただけで、そこから先のことは分からねえんだ」

　市蔵が向きになって言った。

　すると、脇で身を震わせていた助八が、

「旦那、嘘じゃァねえ。あっしらは、矢島の旦那に、子供を攫う手伝いをすりゃァひとり頭二両出すと言われて、手伝っただけでさァ」

と、声をつまらせて言い添えた。助八によると、ほかに盛造《もりぞう》と伊勢吉《いせきち》の仲間がいて、四人で八両貰ったという。

　市蔵によると、矢島の家は岩本町の稲荷《いなり》のそばにあり、子供はなく妻と二人暮らしだそうだ。その家に、長屋から連れ去った吉之助を置いてきたのだという。

「矢島は何という名だ？」

　宗五郎は、矢島という名に覚えがなかった。

「矢島安之助《やすのすけ》さまでさァ」

　市蔵によると、岩本町の飲み屋で盛造たちと飲んでいると、客だった矢島に声をかけられたそうだ。盛造の住む長屋が岩本町にあり、ときおり仲間たちで飲むことがあるという。

「矢島だが、どんな男だ」

「図体がでかくて、眉の濃い男でさァ」

　市蔵がそう言うと、

「その男は、お浜と吉之助を襲ったひとりだ」

　刀十郎が言った。

「矢島の家に連れていったのなら、吉之助はそこにいるはずだぞ」

　宗五郎が、声をあらためて訊いた。

「それが、いねえようでさァ。……後で盛造に聞いたんだが、矢島の旦那が、あの子をどこかへ連れてったと言ってやしたからね」

　市蔵がそう言うと、助八が、

「あっしも、聞いてやすぜ」

　と、言い添えた。

「矢島が吉之助を連れていった場所は、分からないのだな」

「へい」

「矢島と山城のほかに、武士がもうひとりいたな。その男の名は？」

宗五郎は別のことを訊いた。

「小野田盛助《おのだもりすけ》さまでさァ。小野田さまは、牢人のようですぜ」

市蔵がすぐに答えた。隠す気はなくなったようである。

「小野田の塒は？」

「行ったことがねえから分からねえが、高砂町だと聞いたことがありやすぜ」

日本橋高砂町は、浜町堀沿いにある。

「山城の塒は？」

「知らねえ」

市蔵が言うと、助八もうなずいた。ふたりとも知らないようだ。

「山城たちの仲間に、町人がひとりいたな」

市蔵たち四人とは別に、山城たちといっしょに長屋に乗り込んできた遊び人ふうの男がいたのだ。

「そいつは、猪吉《いきち》だ」

市蔵が顔をしかめて言った。

「何をしてる男だ」

「あいつは、まともな仕事なんかしちゃァいませんや。……盗人でも人殺しでも平気でやるような悪党ですぜ」

「山城たちと、何かかかわりがあるのか」

「あっしも、くわしいことは知らねえが、賭場で山城の旦那とつながったんじゃァねえんですかね。三年ほど前《めえ》から、猪吉と山城の旦那がつるんで賭場で遊んでるのを見かけるようになりやしたからね」

市蔵によると、賭場は浅草元鳥越町にあるという。

「悪人同士で、つながったわけか」

それから、宗五郎は念のために小松のことも訊いてみたが、市蔵と助八は知らないらしく首をかしげただけだった。

宗五郎の訊問がとぎれたとき、

「旦那、あっしらの知ってることはみんな話しやした。あっしと助八を帰《けえ》してくだせえ」

市蔵が宗五郎を上目遣いに見ながら言った。

「帰してもいいがな……」

市蔵たち四人は、山城たちの仲間というより、金を握らされて吉之助を攫うよう頼まれただけらしい。脅しつけて帰せば、ふたたび山城たちに手を貸すこともないだろうが、宗五郎たちの動きを山城たちに話されたくなかった。

「あと、六日ほど、ここにいろ。……めしは食わせてやる」

殺すまでもなかった。吉之助の事件が決着すれば、ふたりを解放してやってもいい、と宗五郎は思ったのだ。

「へえ……」

市蔵が首をすくめて戸惑うような顔をした。

すると、権十が、

「命があるだけ、有り難いと思え」

と、獅子頭のような歯を剝き出して言った。

7

翌日、刀十郎はにゃご松と仙太を連れて、岩本町にむかった。矢島の家を探すためである。矢島を尾けるか、捕らえて口を割らせるかすれば、吉之助を監禁している場所が分かるのではないかと思ったのだ。

権十と彦次をはじめ、為蔵や万吉など十人ほどが、高砂町と元鳥越町へ散っていた。小野田と猪吉の塒をつきとめるためである。猪吉の場合は、賭場に出入りする者から話を聞き出すつもりだった。

今日は、七月五日だった。十日までに、五日しかない。何とか吉之助の監禁場所をつきとめようと、長屋の男たちが総出で探索にあたったのである。

曇天だった。まだ、五ツ（午前八時）ごろだが、湿気をふくんだ大気のなかには、ムッとするような暑さがあった。

「稲荷のそばだと言ってたな」

歩きながら、刀十郎が言った。岩本町はひろい町ではなかったので、稲荷を探すのにそう手間はかからないだろう。ただ、稲荷は通り沿いに多いので、どれが矢島の家の近くにある稲荷かは分からない。

「岩本町に入ったら、訊いてみやしょう」

にゃご松が言った。にゃご松と仙太は、小袖を尻っ端折りし、股引姿だった。芸人の格好をして来るわけにはいかなかったのである。

岩本町に入って間もなく、にゃご松が通り沿いの酒屋に立ち寄って、近くに稲荷があるかどうか訊いてきた。

「一町ほど先の右手にあるそうでさァ」

行ってみると、通り沿いに赤い鳥居があり、祠《ほこら》をかこった杜《もり》もあった。

三人は手分けして、稲荷の近所で聞き込んだ。矢島という名が分かっていたので、家があればすぐ分かるだろうと踏んだが、それらしい家はなかった。

刀十郎たちは、さらに小半刻（三十分）ほど歩いた。道沿いに別の稲荷があったので、近所で訊いたが、やはり矢島の家はなかった。

刀十郎たちは、目についたそば屋で腹ごしらえをした後、また町筋へ出て歩いた。

「旦那、あそこに、稲荷がありやすぜ」

にゃご松が、前方を指差した。

見ると、ちいさな稲荷だった。境内をかこった杜はなく、祠の前に赤い鳥居が立っているだけである。

稲荷の斜向《はすむ》かいに足袋《たび》屋があったので、刀十郎は立ち寄って訊いてみた。

「矢島さまのお屋敷なら近くですよ」

五十がらみと思われる親爺が、すぐに答えた。

「どこだ？」

思わず、刀十郎の声が大きくなった。

「その瀬戸物屋の五軒先。……板塀をまわした家ですよ」

親爺が指差して言った。

なるほど、板塀をまわした仕舞屋があった。小体な家で、武家屋敷というより借家か妾宅といった感じである。

「近付いてみよう」

刀十郎たちは、その家に近付いた。板塀沿いにすこし歩き、路地から見えない場所に身を屈めた。

板塀の隙間からなかを覗くと、すぐ近くに家が見えた。台所のほかに二間ほどしかないようだった。

家のなかから話し声が聞こえた。何を話しているか分からなかったが、男と女がしゃべっていることは分かった。矢島と妻女であろうか。

……ここに、吉之助を監禁しておくのは無理だな。

と、刀十郎は思った。

吉之助を閉じ込めておく部屋もないだろう。それに、吉之助が泣いたりすれば、路地から泣き声が聞こえてしまう。

刀十郎たちは、半刻（一時間）ほど、板塀の陰で様子をうかがっていた。家のなかから、ときおり話し声が聞こえたが、姿を見せなかった。家のなかにいるのは、矢島だとは思ったが、はっきりしなかった。

「旦那、どうしやす」

にゃご松が、小声で訊いた。

「何とか、姿を見たいな」

その体軀を見れば、矢島と分かるだろう。矢島とはっきりすれば、いったん長屋にもどり、宗五郎や権十たちの手を借りて、明日の未明にでもこの家を襲い、矢島を生け捕りにしてもいいと思ったのだ。

陽は家並の向こうに沈みかけていた。七ツ半（午後五時）を過ぎているだろう。

刀十郎が、沈みかけた陽に目をやったとき、

「だ、旦那、出てくるようですぜ」

仙太が声をつまらせて言った。

戸口の方で、話し声がした。つづいて、戸口の引き戸があき、武士とその妻女らしい女が出てきた。

……矢島だ！

大柄な武士だった。遠目にも、眉が濃く顱が張っているのが見てとれた。見覚えのある顔である。

妻女と思われる女は、旦那さま、お気をつけて、と声をかけて、送り出した。三十がらみと思われる痩せた女だった。声に張りがなく、乾いたひびきがあった。

女は、矢島が歩きだすとすぐに家へ入ってしまった。ピシャリとしめた引き戸の音が、拒絶するような余韻を残した。

矢島は何も言わず、振り返って見ることもなかった。

夫婦の情愛を感じさせない見送りの光景だった。ふたりの夫婦関係は、冷めてしまっているのかもしれない。

矢島は路地を表通りの方へむかっていく。

「旦那、どうしやす」

にゃご松が訊いた。

「尾けよう」

刀十郎は、矢島が山城たちと会うのではないかと思った。あるいは、そこに吉之助が監禁されているかもしれない。

矢島が一町ほど離れると、

「にゃご松と仙太が、先に行ってくれ。おれは、ふたりの後から尾けていく」

刀十郎は、矢島が振り返ると、すぐに刀十郎と気付くのではないかと思ったのだ。

「承知しやした」

にゃご松が言い、ふたりは板塀の陰から通りへ出た。町人体のふたりなら、矢島が振り返って見ても、すぐに首売り長屋の者と気付かないはずだ。

矢島は岩本町の町筋を東にむかい、両国広小路に出た。暮色につつまれた広小路の雑踏を抜けて両国橋を渡り、東の橋詰に出てすぐ左手にまがった。そこは大川沿いの通りである。

矢島は大川沿いの道を川上にむかってしばらく歩き、石原町まで来ると、また右手にまがった。狭い路地である。

にゃご松と仙太が走りだした。矢島の姿が見えなくなったからであろう。刀十郎も走った。矢島がまがった路地の角まで来ると、路地の入り口近くににゃご松と仙太の姿があった。ふたりは、路地沿いの小体な店の軒下に張りつくようにして身を隠していた。店は八百屋らしい。店仕舞いした戸口の脇に、漬物樽が置いてあった。

「矢島はどうした」

刀十郎が訊いた。

「旦那、そこに、生け垣をまわした家がありやしょう」

にゃご松が、数軒先の向かいにある仕舞屋を指差して言った。

「やつは、あの家に入りやしたぜ」

妾宅ふうの家だが、大きな家屋である。座敷は四、五間あるかもしれない。

「吉之助は、ここに監禁されているかもしれんぞ」

庭もあり、松、槙《まき》、紅葉などが枝葉を伸ばしていた。生け垣もあるので、路地からなかの様子は見えないはずである。

「近付いてみよう」

刀十郎たち三人は、足音を忍ばせて仕舞屋に近付いた。

生け垣に身を寄せて聞き耳を立てたが、物音も話し声も聞こえなかった。庭木が茂っていて、声がとどかないのかもしれない。

ただ、家のなかに人はいるようである。庭に面した座敷の障子が、かすかに明らんでいるのが見てとれた。

「明日だな」

刀十郎は出直そうと思った。

すでに、辺りは濃い暮色につつまれていた。近所で聞き込みをするにしても、店仕舞いしているはずだ。それに、路地にも人影がなかった。

翌日、刀十郎たち三人は、ふたたび石原町に足を運んできた。仕舞屋の近くで聞き込み、だれが住んでいるのか確かめるのである。

その日の夕方、彦次と軽業師の早七《そうしち》という男が、石原町に姿を見せた。刀十郎に頼まれて、生け垣をまわした仕舞屋に侵入するつもりなのだ。吉之助が監禁されているかどうか、探るためである。

彦次は短剣投げの名手だが、軽業の見世物にも出ていたことがあり、敏捷で身軽だった。また、早七は綱渡りを得意とする軽業師で、頭さえ通り抜ければ、どんな狭い場所にももぐり込む特技も持っていた。忍者ほどではないが、屋敷内に忍び込んで探るのはふたりに打ってつけであった。

その夜遅く、刀十郎たち三人と彦次たちふたりが、首売り長屋の宗五郎の家で顔をそろえた。

彦次と早七が、石原町の仕舞屋を探りに行って帰ってきたのである。

初江が淹れてくれた茶をすすった後、

「どうだ、吉之助はいたか」

まず、宗五郎が訊いた。吉之助が監禁されているかどうか、気になっていたのであろう。

「いやした」

彦次が答えた。

彦次と早七によると、仕舞屋のなかには侵入できなかったという。それというのも、戸締まりが厳重だったし、家のなかで武士らしい物言いの声が聞こえたので、踏み込めなかったそうだ。

「ですが、吉之助らしい男児の声が聞こえやした」

奥の部屋から、母上に会いたい、と訴えている男児の泣き声が洩れてきたという。

「その声の主は、吉之助とみていいようです」

刀十郎が言い添えた。

刀十郎たちは近所の聞き込みで、仕舞屋には、一月ほど前から武士がふたり住むようになったことをつかんでいた。その体軀と顔付きからみて、ふたりの武士は山城と小野田らしいことも分かった。

「その家は、小松重左衛門が妾をかこっていた家のようですよ。ところが、半年ほど前に妾が病で亡くなり、その後は空き家になっていたらしいんです」

「その家に、山城と小野田が住み着いたのか」

宗五郎が言った。

「そのようです。小松はこんなこともあるかと思い、山城たちを住まわせていたのではないですかね」

「吉之助を助け出さねばならんな」

宗五郎が低い声で言った。行灯の淡いひかりのなかで、双眸が夜禽のようにひかっている。

「いつ、やりやす」

彦次が訊いた。

「明日か、明後日のうちに」

今日は七月六日だった。十日までに四日しかない。まだ、渋川からの連絡はないが、日を延ばすことはできないだろう。

第五章　母と子

1

刀十郎や彦次たちが、吉之助の監禁場所をつきとめた翌日だった。首売り長屋の宗五郎の家に、渋川と松山が訪ねてきた。

渋川が座敷に膝を折り、宗五郎と対座するとすぐに、

「島田どの、やはり十日だ。殿は予定どおり、十日におふささまと吉之助さまを迎えるよう、それがしや奥の者たちに命じられたのだ」

と、苦渋の顔をして言った。

「やはり、そうか」

宗五郎は驚かなかった。おそらく、十日は動かないだろうとみていたのである。

「それで、吉之助さまの行方は分かったのかな」

渋川が身を乗り出すようにして訊いた。

「その件は、刀十郎から話してもらう」

そう言うと、宗五郎は流し場で茶の用意をしていた初江に、刀十郎を呼んでくるよう頼んだ。

すぐに、初江は戸口から出ていった。

待つまでもなく、初江とともに刀十郎が姿をあらわした。同じ長屋なので家は近いのである。

刀十郎が宗五郎の脇に膝を折って座ると、

「刀十郎たちが、吉之助の監禁されている場所をつかんだのだ」

と、宗五郎が声を低くして言った。

「まことでござるか！」

渋川が声を上げた。松山も驚いたような顔をして、刀十郎に目をむけた。こんなに早く吉之助の監禁場所が分かるとは思わなかったのだろう。

「ともかく、刀十郎から話してくれ」

宗五郎が刀十郎に目をやって言った。

「吉之助は、石原町の小松の妾宅に監禁されているようだ」

刀十郎は、岩本町にある家から矢島を尾け、小松の妾宅に吉之助が監禁されているのをつきとめたことをかいつまんで話した。

「さすが、島田どののたちです」

松山が驚嘆したように言った。

「ところで、松山どの、何か知れたかな」

宗五郎が訊いた。松山は山城の身辺を探っていたのである。

「それがしも、小松の仲間のふたりが、矢島と小野田であることをつきとめました」

松山は、南紺屋町にある神山道場の門弟たちのなかから、山城と同じころ道場に通っていた高弟たちを訪ねて話を聞いたという。その結果、矢島安之助と小野田盛助も山城と同じ神山道場の門弟で、山城が道場を去った後もつながりがあったらしいとの証言を得たというのだ。

「話を聞いた門人のひとりが、つい最近も山城が矢島と小野田を連れて歩いているのを見たと話していたのです」

松山が言い添えた。

「小野田は牢人らしいが、矢島は幕臣なのか」

刀十郎が訊いた。妻女と一軒家に住んでいるところをみると、牢人とは思えなかったのである。

「軽格の幕臣らしいが、おそらく非役でしょう。つぶれ御家人とみていいのではなかろうか」

「小野田にしろ矢島にしろ、山城と似たような者たちだな」

刀十郎は、小松から出た金で三人はつながっているのだろうと思った。

「それで、吉之助さまを、助け出してもらえようか」

渋川が訴えるような顔をした。

「そのつもりだ」

宗五郎が言うと、刀十郎もうなずいた。

「それで、いつ?」

「明日しか日がないだろう」

十日までに、あと三日である。明日中に吉之助を助け出さなければ、間に合わないだろう。

「無事、助け出せるといいのだが……」

渋川が心配そうな顔をした。

「ともかく、吉之助を助け出すことだけを考えよう」

宗五郎は、容易ではない、とみていた。石川町の家には山城だけでなく、矢島と小野田もいるとみなければならない。山城たち三人を斃すだけなら、大勢で踏み込めば何とかなるが、無事に助け出すとなると簡単ではない。山城たちは吉之助を人質に取るかもしれないし、逃げられないとみれば、吉之助を始末される恐れもあったのだ。

「明日未明、数名で踏み込むつもりだ」

宗五郎が強いひびきのある声で言った。

未明がいいだろう、と宗五郎は思っていた。寝込みを襲い、腕の立つ者が数人で家のなかに踏み込み、吉之助を助け出すのである。

刀十郎たちだけにまかせず、宗五郎も行くつもりだった。刀十郎の他に、権十、彦次、それに屋敷の侵入に長《た》けている早七も連れていくことになるだろう。

「島田どの、それがしも同行させていただきたい」

松山が言った。

「承知した」

松山が剣の達者であることは分かっていた。いざとなったら、大きな戦力になるだろう。

その日、刀十郎たちは夕餉の後、仮眠をとり、子ノ刻（午前零時）ごろ、首売り長屋の井戸端に集まった。

九人の男たちが集まっていた。刀十郎、宗五郎、権十、彦次、早七、それににゃご松、仙太、為蔵、万吉の姿もあった。吉之助が監禁されている家に踏み込むのは刀十郎たち五人だったが、にゃご松たち四人には他の役目があったのである。

刀十郎たちは、山城、矢島、小野田の三人を斬ることを目的にしていなかった。家から逃げれば、追うつもりもなかった。ともかく、吉之助を助け出すことに全力を上げるのである。

ただ、山城たち三人が逃げたとき、にゃご松たち四人で、跡を尾けることにしてあった。逃げた先が分かれば、あらためて踏み込んで始末することができるからである。

にゃご松たち四人は、柿茶の筒袖と同色の股引という闇に溶ける格好で集まっていた。尾行のために、長屋の住人から衣装を集めたのである。

「どうだ、山城たちは家にいるか」

宗五郎が、にゃご松に訊いた。

にゃご松と仙太は、夕方石原町へ出かけて吉之助が監禁されている家の様子を見てきたのである。

「いるようですぜ。……男の声が聞こえやしたから」

にゃご松が言うと、仙太もうなずいた。

「よし、行くぞ」

宗五郎が歩きだすと、刀十郎たち四人がつづいた。にゃご松たちは、すこし間を置いてから長屋を出た。

頭上に弦月が出ていた。皓々《こうこう》とかがやいている。

2

両国橋を渡り東の橋詰を出たところで、松山が待っていた。松山は茶の小袖と黒のたっつけ袴で、二刀を帯びていた。戦いに臨む男らしく、顔がひきしまっている。

「待たせたかな」

宗五郎が声をかけた。

「いえ、さきほど来たばかりです」

松山は、宗五郎の後ろにまわった。

大川沿いの道は、まったく人影がなかった、深い夜陰につつまれている。左手に大川の川面がひろがっていた。黒々とした川面に月光が映じ、波の起伏にあわせて無数の銀鱗《ぎんりん》のようにひかっていた。巨大な竜が身をくねらせているようである。

その川面の先には、浅草の家並がひろがっているはずだが、夜陰にとざされて星空の下に黒いひろがりが見えるだけである。

通りは静寂につつまれていたが、足元から汀《みぎわ》に寄せる川波の音が絶え間なく聞こえてきた。

石原町へ入って間もなく、刀十郎たちは右手の路地に入った。

「あの家です」

刀十郎が、前方を指差しながら宗五郎に目をむけて言った。

生け垣をまわした家は、夜の帳《とばり》のなかに黒く沈んでいた。洩れてくる灯もなくひっそりとしている。

刀十郎たちは、路地に面した木戸門の前で足をとめた。粗末な門だが、観音開きの門扉がついている。刀十郎が門扉を手で押してみたが、あかなかった。閂《かんぬき》が支ってあるらしい。

「あっしが、あけやしょう」

そう言い残し、早七が門の脇へまわった。

門柱と生け垣の間に狭い隙間があった。早七は、その隙間に頭を入れると、身を横にしてスルリと通り抜けた。まったく音をたてなかった。常人には真似《まね》のできないみごとな侵入である。

早七は門にまわり、閂をはずして門扉をあけた。

刀十郎たちは足音を忍ばせて、家の玄関さきへまわった。家は夜の静寂《しじま》につつまれ、人声はむろんのこと物音ひとつ聞こえなかった。生け垣付近から物悲しい虫の音が聞こえてくるだけである。

「まだだな」

宗五郎が小声で言った。

東の空がかすかに明らんでいたが、払暁《ふつぎょう》までには間がありそうだった。深い闇にとざされた他人の家のなかに踏み込むのは危険である。下手をすれば、身動きが取れなくなってしまうし、敵にどこから攻撃されるか分からないからだ。刀十郎たちは、辺りが明らみ、明りがなくとも家のなかの様子が識別できるほどになってから、踏み込むことにしてあったのだ。

「支度をしよう」

宗五郎は、ふところから細紐を取り出して襷《たすき》をかけた。たっつけ袴に草鞋《わらじ》履きだったので、それだけで十分だった。

刀十郎たちも、それぞれ戦いの支度を始めた。

いっときすると、東の空がだいぶ明るくなり、夜陰も薄れて、生け垣や家の輪郭などがはっきりと見えてきた。上空も白んできて、星のまたたきも薄れている。

「吉之助がいるのは、奥の座敷だったな」

「へい」

彦次がうなずいた。

「よし、裏手から侵入しよう」

宗五郎の指図で、刀十郎たちは裏手にまわった。

裏手は台所になっているようだ。背戸《せど》があり、手をかけて引いてみたが、心張り棒が支ってあるらしく、動かなかった。

「おれが、ぶち割ってやる」

権十が、鉄手甲を嵌めた手を前に突き出しながら戸口に近付いた。剛腕で板戸をぶち割って、心張り棒をはずすつもりなのだ。

「待て、権十」

宗五郎がとめた。

「山城たちを起こしてやるようなものだ。……早七、どこからか家に入れないか」

宗五郎に言われて、早七は家のあちこちに目をやっていたが、

「権十の旦那、肩を貸してもらえやすか」

と言って、口元に薄笑いを浮かべた。

「どうするのだ」

「あの明り取りの窓から入《へえ》りやす」

早七が指差した。

見ると、地面から六尺ほどの高さのところにちいさな窓があった。障子になっていて、すこし破れている。簡単にあけしめできるようだ。

「よし、おれの肩に乗れ」

権十が、窓の下に屈むと、早七が肩に飛び乗った。

そのまま権十が立ち上がると、早七は窓をあけ、首をつっ込んだ。そして、窓の隙間から肩が入ったと思うと、早七の体がスルリと窓の隙間からなかに消えた。ほとんど物音をたてなかった。

刀十郎たちが背戸の前でいっとき待つと、人の近付く気配がし、心張り棒をはずす音がかすかに聞こえて引き戸があいた。戸口のなかの薄闇のなかに早七の顔があった。

刀十郎たちは足音を忍ばせて、家のなかに入った。そこは、台所だった。深い静寂につつまれている。

薄闇のなかに、水甕《みずがめ》、竈《へっつい》、薪置き場《たきぎおば》などが識別できた。土間の先が狭い板敷の間になっていて棚があり、食器や酒器などが並べてある。

板敷の間の先は廊下になっていた。廊下の右手が座敷になっているらしく、障子が立ててあった。座敷から廊下に洩れてくる灯はなく、人声や物音はまったく聞こえなかった。吉之助も山城たちも、まだ眠っているにちがいない。

「てまえの座敷ではないのか」

宗五郎が声を殺して言った。

戸口から見れば、板敷の間のつづきにある座敷が奥になるはずだった。

「おそらく、吉之助は、その座敷に」

刀十郎と宗五郎は、顔を見合わせてうなずき合った。そして、ふたりは足音を忍ばせて、土間から板敷の間に上がった。松山、権十、彦次、早七がつづく。六人の目が、薄闇のなかで獲物に近付く狼《おおかみ》のようにひかっている。

刀十郎が先頭に立ち、板敷の間から廊下に踏み込もうとしたときだった。足が何かにひっかかり、廊下の脇で、ガラガラと木片でも打ち合うような音がひびいた。

……しまった！

と、刀十郎は思った。山城たちが侵入者に備えて何かを仕掛けていたのだ。鳴子《なるこ》であろう。

つづいて、廊下の先の座敷から、

「起きろ！　踏み込んできたぞ！」

という甲高い男の声がひびいた。

3

「わしが、きゃつらを食いとめる。刀十郎たちは、吉之助を連れ出してくれ」

言いざま、宗五郎は抜刀し、廊下の先へむかった。

刀十郎、松山、権十、彦次、早七がつづく。

刀十郎は廊下に踏み込むとすぐ、右手の座敷の障子をあけた。なかは暗くて何も見えなかった。ただ、人のいる気配がし、闇のなかでかすかに動くものが見えた。

ふいに、ワアアッ！　という子供の悲鳴とも泣き声ともつかぬ声が、暗闇のなかにひびいた。

「吉之助か！」

声を上げて、刀十郎が座敷に踏み込んだ。松山たちがつづく。

闇に目がなれ、かすかに幼子らしい黒い輪郭が識別できた。部屋の隅に敷かれた夜具の上に立ち上がっている。

「吉之助だな、助けに来たぞ」

刀十郎がもう一度声をかけた。

芥子坊主と、闇のなかで丸く目を剝いている幼子の姿がぼんやりと見えた。泣きやんでいる。

「うん」

と答えて、吉之助がうなずいた。刀十郎が分かったようだ。

「母上に会わせてやるぞ」

刀十郎がそう言うと、吉之助は両腕を刀十郎の方へ伸ばして近付いてきた。縛られてはいなかったようだ。

刀十郎が抱き上げると吉之助は顔を胸に擦《こす》りつけて、泣き声を上げた。

吉之助をなだめている間はなかった。

「よく我慢したな。すぐに、母上の許に連れていってやるからな」

それだけ言うと、刀十郎は松山に、吉之助を頼む、と言って手渡した。

刀十郎は廊下に走り出た。宗五郎ひとりに、山城たちをまかせるわけにはいかなかったのだ。刀十郎の後に彦次がつづいた。すでに、短剣を手にしている。

権十と早七は、松山についいた。吉之助を守るためである。

廊下の先に、宗五郎の姿が見えた。肩先で刀身がにぶいひかりを放っている。低い八相に構えているようだ。

廊下の先に、宗五郎と対峙している男の姿が見えた。闇につつまれ、何者かは分からなかったが武士である。小袖に袴姿であることは、人影の輪郭で分かった。おそらく、刀十郎たちの侵入に備えて、そのままの格好で休んでいたのだろう。

夜陰のなかに、武士の構えている刀身がかすかに見えた。低い青眼に構えていた。

……山城か！

たぐり突きの構えらしい。

もうひとりいた。右手の障子があけられ、そこから切っ先を宗五郎にむけている。

……あやうい！

と、刀十郎はみてとった。

宗五郎は真抜流の達人だが、狭い家のなかでふたりを相手にしては、あまりに不利である。それに、山城はたぐり突きの必殺剣を遣うのだ。

刀十郎は抜刀し、刀身を肩にかつぐようにして廊下を走った。彦次がつづく。

「刀十郎、右手の男を頼む」

宗五郎が声を上げた。山城と立ち合う気らしい。

「新手だ！」

宗五郎の右手の座敷のなかにいる男が叫んだ。

刀十郎は宗五郎の背後に走り寄りざま、右手の障子をあけはなった。

大柄な男だった。薄闇のなかに、眉の濃い剽悍そうな面構えの男が立ち、宗五郎に切っ先をむけていた。矢島である。

咄嗟に、刀十郎は宗五郎の助太刀は彦次にまかせようと思った。狭い廊下では、山城の脇にまわることができないからだ。彦次なら、宗五郎の背後から短剣を投げることができる。

「矢島、相手はおれだ！」

叫びざま、刀十郎は八相に構えると刀身を寝せた。鴨居《かもい》に斬りつけないように、低く構えたのである。

「おのれ！」

矢島が顔をゆがめ、後じさった。刀十郎の腕を知っているのだ。

刀十郎は擦り足で、矢島を追った。

矢島の背が、隣の部屋と仕切っている襖《ふすま》に触れた。そのまま後ろへは、下がれない。

刀十郎は矢島との間合をつめた。

矢島が横を向き、襖をあけて逃れようとした瞬間、刀十郎の刀身が一閃した。

バサッ、と襖が裂け、矢島がのけ反った。

矢島は喉のつまったような呻き声を上げ、襖の間から次の座敷へ逃れた。着物の袖が裂け、あらわになった左の上腕から血が流れ出ている。

矢島は巨体を揺らしながら、さらに次の間へ逃げようとした。

「逃がさぬ」

刀十郎は矢島の後を追った。

宗五郎は山城と対峙していた。山城は長刀を低い青眼に構え、切っ先を宗五郎の胸につけていた。たぐり突きの構えである。

その山城の背後に、小野田の姿があった。小野田は刀の柄に右手を添え、抜刀体勢を取っていた。まだ、抜いていないのは、廊下が狭く、宗五郎に切っ先をむける間がなかったからである。

一方、宗五郎は低い八相に構えていた。その宗五郎の着物の左の肩先が裂け、血の色があった。

刀十郎は気付かなかったが、すでに宗五郎と山城は一合していたのだ。宗五郎は山城の突きを体をひねりながらかわそうとしたが、その鋭い突きをよけきれず、肩先を突かれたのである。

ただ、浅手だった。薄く皮肉を裂かれただけである。

「いい腕だな」

山城が、口元に薄笑いを浮かべて言った。だが、宗五郎を見つめた双眸は笑っていなかった。薄闇のなかで底びかりしている。

「たぐり突きか」

宗五郎は、恐ろしい剣だと思った。まさに、槍の刺撃のような神速の突きである。

……次はかわせぬ。

と、感知した。

山城が遠間から仕掛けたので、咄嗟に胸を突かれずに済んだが、次は間合をつめてから突きをはなつはずである。

「今度は、その胸だ」

言いざま、山城が足裏を擦るように間合をせばめてきた。

そのときだった。宗五郎の背後から近付いた彦次が、

「喰《くら》え!」

叫びざま、短剣を山城にむかって投げた。

瞬間、山城は刀身を撥ね上げ、飛来した短剣をはじいた。甲高い金属音がひびき、短剣が障子を突き破って、左手の座敷へ飛んだ。

だが、短剣をはじいたために山城の体勢がくずれた。山城は、慌てて後じさった。体勢をたてなおす間を取ったのである。

「今度は、はずさねえぜ」

彦次は、ふたたび短剣を手にして身構えた。薄闇のなかで、獲物を狙っている獣のようである。芸人というより、特殊な武器を遣う武芸者のような不気味さがあった。

「引け！」

山城が声を上げて、後じさった。

飛び道具がくわわっては、利がないとみたらしい。それに、吉之助が刀十郎の仲間たちの手で連れ出されたことは、分かっていたのだろう。

山城が反転して駆けだすと、小野田もつづいた。

宗五郎は、追わなかった。追っても、自分の手で山城を斃せるとは思わなかったし、ここに来た目的は吉之助を助け出すことにあったのだ。

山城と小野田の後ろ姿が、廊下から土間へ出て見えなくなった。

「彦次、助かったぞ」

宗五郎が振り返って声をかけた。

一方、刀十郎は、矢島を座敷の長火鉢のそばに追いつめていた。そこは居間らしい。矢島のかかとが長火鉢に迫っていた。それ以上、下がれば長火鉢に突き当たってしまう。

「お、おのれ！」

矢島の顔が憤怒で赭黒く染まり、目がつり上がっていた。

青眼に構えていたが切っ先が揺れていた。気の昂りで、体が顫えているのである。

刀十郎は低い八相に構えたままジリジリと間合をせばめていく。

刀十郎は斬撃の間境に踏み込んだ刹那《せつな》、フッ、と気を抜いて隙を見せた。

すかさず、矢島が反応した。

イヤアッ！

矢島は甲走った気合を発して斬り込んできた。

青眼から振り上げざま、真っ向へ。

果敢な斬撃だが、この仕掛けを刀十郎は読んでいた。読んでいたというより、誘ったといった方がいい。刀十郎が面に隙を見せて、真っ向へ斬り込ませたのである。

刀十郎は神速の体捌きで、右手へ跳びながら刀身を横に払った。

ドスッ、というにぶい音がし、矢島の巨軀が前にかしいだ。刀十郎の切っ先が、矢島の腹を横にえぐったのだ。

矢島は前に泳ぎ、何かに爪先をひっかけて頭からつっ込むように転倒した。廊下側の障子に頭がぶち当たり、障子が桟ごと破れて激しい音をたてた。破れた障子に、右の上腕からの出血が飛び散り、赤く染めた。

　矢島は両腕を畳についで身を起こそうとしたが、障子につっ込んだ頭が障子の破れ目からはずれただけだった。腹から大量の血が流れ出、畳にひろがっていく。

「とどめを刺してくれよう」

　刀十郎は矢島の背後から、切っ先を突き刺した。

　グッ、と喉のつまったような呻き声を上げ、矢島は上体を反らせたが、そのまま前につっ伏した。

　刀十郎が刀身を引き抜くと、矢島の背から血が迸《ほとばし》り出た。心ノ臓を突き刺したらしい。矢島は、なおも四肢を痙攣《けいれん》させていたが、いっときすると動かなくなった。絶命したようである。

「矢島を討ち取ったようだな」

　背後から声をかけたのは宗五郎だった。

「義父上、その傷は」

　刀十郎が訊いた。宗五郎の肩先が血に染まっている。

「なに、かすり傷だよ。……たぐり突きをかわしそこねた」

宗五郎は苦笑いを浮かべたが、目は笑っていなかった。剣客として、たぐり突きをかわしきれなかったことが、無念だったのだろう。

「吉之助は、無事だな」

宗五郎が声をあらためて訊いた。

「はい、松山どのたちが裏手へ連れ出したはずです」

「長居は無用だ。後は、にゃご松たちにまかせよう」

そう言って、宗五郎が茜色《あかねいろ》に染まった東の空に目をやった。

払暁を迎え、町並がその輪郭と色彩をとりもどしていた。朝の早い家は起き出したらしく、遠近《おちこち》から引き戸をあける音が聞こえてきた。

4

……来た！

にゃご松が、胸の内で声を上げた。

路地に面した木戸門から、ふたりの武士が出てきたのだ。山城と小野田だった。

にゃご松は、すでにふたりを見ていたので、すぐにそれと分かった。

そのとき、にゃご松と仙太は、木戸門の近くの生け垣の陰に身を隠していた。為蔵と万吉の姿はなかった。ふたりは生け垣伝いに裏手にまわり、裏口から出てくる敵を見張っていたのである。

山城と小野田は路地に出ると、足早に大川端へむかった。

「仙太、尾けるぜ」

「合点だ」

仙太が目をひからせて言った。

にゃご松と仙太は、山城たちが半町ほど遠ざかったところで路地へ出た。ふたりは、路傍の樹陰や板塀の陰などに身を隠しながら山城たちの跡を尾けた。すでに、辺りは明るくなっていたので、闇に身を隠すわけにはいかなかったのだ。

山城たちは大川端へ出ると、川下にむかった。

まだ、大川端に人影はなかった。空はだいぶ明るくなってきたが、物陰には夜陰が残り、通り沿いの表店は大戸をしめたままだった。町筋は、まだ眠りから覚めていなかったのだ。

大川の流れの音が、轟々とひびいている。風があり、鉛色の川面に白い波飛沫《なみしぶき》が立っていた。船影もなく、荒涼とした川面が遠く両国橋の彼方までつづき、淡い闇のなかに霞《かす》んでいる。

山城たちは両国橋のたもとへ出ると、右手にまがって橋を渡り始めた。両国橋の辺りまで来ると、ちらほら人影が見えた。朝の早いぼてふりや豆腐売りなどが、動きだしたようである。

山城たちは両国橋を渡って西の橋詰に出ると、米沢町の表通りを日本橋の方へむかった。

「やつら、どこまで行く気だい」

仙太が言った。

「仲間の塒かもしれねえな」

山城たちは、ひとまず仲間の許に身を寄せるのではないか、とにゃご松は思ったのだ。

前方に、浜町堀にかかる汐見橋が見えてきた。そろそろ明け六ツ（午前六時）であろうか。表通りには、人影が目立つようになってきた。ぼてふり、物売り、出職の職人などが、行き交っている。

山城たちは汐見橋のたもとを左手にまがった。浜町河岸を南にむかっていく。にゃご松と仙太は、小走りになった。町家の陰になって、山城たちの姿が見えなくなったからである。

汐見橋のたもとまで行くと、山城たちの姿が見えた。足早に浜町河岸を歩いていく。

前方に浜町堀にかかる千鳥橋が迫ってきた。この辺りは、橘町《たちばなちょう》である。

そのとき、山城たちは河岸沿いにある店の前で足をとめた。遠方ではっきりしなかったが、飲み屋か小料理屋を思わせるような店構えである。

「仙太、身を隠せ」

にゃご松は、いそいで堀沿いの柳の樹陰に身を寄せた。仙太も、にゃご松の背後にまわり込んで身を隠した。山城たちが、通りの左右に目をやっていたのだ。

山城たちはにゃご松たちには気付かなかったらしく、店の戸口に近付いて戸をたたいた。店の住人を呼んでいるようである。

いっときすると、戸があいた。だれか戸口に出てきたようだが、にゃご松たちから顔を見ることはできなかった。

山城と小野田は、戸口から店のなかへ消えた。

樹陰に身を隠していたにゃご松と仙太は通りへ出て、山城たちが入った店へ足をむけた。

ふたりは通行人のようなふりをして、店の前を通り過ぎながら店先に目をやった。小料理屋らしかった。格子戸の脇に掛け行灯があり、すず屋と記してあった。むろん、まだ暖簾は出ていなかった。店のなかから物音も話し声も聞こえなかった。

一町ほど歩いたところで、にゃご松と仙太は足をとめた。

「どうする、仙太」

にゃご松が訊いた。

「近所で、店のことを訊いてみようじゃァねえか」

「そうだな」

にゃご松は、堀沿いの通りに目をやった。

すでに、通り沿いの表店は大戸をあけて店をひらいていた。

「あの下駄屋で訊いてみよう」

にゃご松たちが立っている斜向かいに下駄屋があった。店先に駒下駄、吾妻《あづま》下駄、ぽっくりなどが並べられ、綺麗な鼻緒が人目を引いている。

店に近付くと、棚に下駄を並べている男が見えた。店の親爺らしい。五十がらみの小柄な男だった。

「ごめんよ」

にゃご松が声をかけた。

「いらっしゃい」

親爺は笑みを浮かべ、揉《も》み手をしながら近寄ってきた。店開け早々、客がついたと思ったようだ。

「ちょいと、訊きてえことがあってな」

にゃご松がそう言うと、途端に親爺の顔から笑みが消えた。迷惑そうに顔をしかめて、その場から離れたいような素振りを見せた。

仕方なく、にゃご松はふところから巾着を取り出し、波銭をつまみ出した。

「手間を取らせてすまねえ。とっときな」

にゃご松が銭を握らせてやると、また親爺の顔に愛想笑いが浮いた。

「それで、何を訊きてえんです」

親爺が、腰を屈めたまま訊いた。袖の下が効いたようである。

「この先のすず屋のことだが、いい女でもいるのかい。なに、おれの仲間が、すず屋、すず屋って、しつこく言うんでな」

にゃご松は、まず店の様子を訊いてみようと思った。仲間のことは、口から出まかせである。

「女将さんのことですかい」

親爺が目尻を下げて、口元に卑猥《ひわい》そうな笑いを浮かべた。こうした話が嫌いではないらしい。

「まァ、そうだ」

「おあきさんといいましてね。ちょいと、いい女ですぜ」

「やっぱりな。それで、情夫《いろ》がいるんだろう」

にゃご松が訊いた。

「ヘッヘヘ……。おめえさんたちが、手を出しても無理だなァ」

親爺が、にゃご松と仙太に目をやりながら言った。

「その情夫だが、二本差しじゃァあるめえな」

「そうじゃァねえ。猪吉ってえ、遊び人だ」

「猪吉な」

にゃご松は、猪吉の塒はここか、と胸の内で声を上げた。そして、山城と小野田が、ここに来た理由が分かった。ひとまず、猪吉の塒に身を隠すつもりなのだ。

「猪吉は腕の立つ二本差しとつるんで、遊んでることが多いと聞いてますぜ。おめえさんたち、命が惜しかったら、おあきさんには手を出さねえ方がいいな」

親爺が、もっともらしい顔をして言った。

「そうするよ」

にゃご松は、邪魔したな、と言い残して、仙太とふたりで下駄屋から出た。それ以上訊くこともなかったのである。

「にゃご松、どうする」

通りへ出たところで、仙太が訊いた。

「長屋にもどって、旦那たちに話してからだな」

にゃご松は、すぐに山城たちがすず屋を出て、別の場所に身を隠すことはない、と思った。

5

「吉之助、母上のところへ帰ろうね」

小雪がやさしい声で言った。

刀十郎たちは、吉之助を助け出すと、いったん首売り長屋へもどった。そして、刀十郎たちの家で吉之助に朝餉を食べさせたところだった。

「母上に会えるのだな」

吉之助は嬉《うれ》しそうな顔をして言った。首売り長屋で暮らすうち、刀十郎や小雪に慣れたが、やはり母親が一番いいらしい。

「そうよ。小母ちゃんも、いっしょに行くからね」

小雪は、刀十郎に、吉之助をおふさの住む田原町の家まで送っていきたい、と話してあったのだ。小雪は吉之助に情が移ったのか、すこしでもいっしょにいたいという気があったようだ。

「さて、行こうか」

刀十郎が言った。

いっしょに行くのは、刀十郎、小雪、松山、それに初江だった。初江もいっしょに行きたいと言い出したので、連れていくことにしたのだ。

刀十郎たちが、吉之助を連れて戸口から出ると、宗五郎、権十、彦次、万吉、為蔵、それに長屋に住む女房たちや子供たちが、十数人集まっていた。わずかな間だったが、吉之助は長屋の子供と同じように暮らしたこともあって、見送りに来てくれたようだ。

「吉坊、またおいで」

刀十郎の家の斜向かいに住むお春《はる》という女房が声をかけると、他の女房や子供たちが声をかけたり、手を振ったりしながら、吉之助を見送った。

吉之助は小雪に手を取られ、ニコニコしながら、長屋の子供たちと同じように手を振っていた。

刀十郎たちは長屋を出ると、千住街道を経て元旅籠町《もとはたごちょう》の通りを東本願寺の方へむかった。その通りの先が田原町である。

田原町へ入り、町の家並の先に東本願寺の堂塔が見えてきたところで、

「この先です」

と言って、松山が右手の路地へ入った。

その路地をしばらく歩くと、松山は板塀をめぐらせた仕舞屋の前で足をとめた。

「ここだよ」

吉之助が、細い手を伸ばして指差した。

おふさの住む家らしい。狭いが、松や梅などを配した庭があった。商家の隠居所といった感じの仕舞屋だった。清水がおふさを住まわせるために、商家から買い取ったのであろう。

松山が木戸門の門扉を押して、刀十郎たちを玄関先に連れていった。何度か来て、様子が分かっているらしい。

玄関先で、松山が訪《おとな》いを請うと、すぐに奥で障子をあける音が聞こえ、床を踏む慌ただしそうな足音とともに玄関先にふたりの女が姿を見せた。おふさと年配の女である。年配の女は、女中であろう。

「吉之助！」

おふさが声を上げ、身をよじるようにして吉之助のそばに走り寄った。

「母上！」

吉之助はおふさの方へ両腕を伸ばした。

おふさは吉之助の前で膝を折り、ひしと抱きしめた。頰を吉之助の頭にこすりつけながら、吉之助、吉之助、と涙声で呼んだ。

小雪と初江は、涙ぐんだ顔で母子の再会の様子を見つめている。刀十郎や松山も、その場に立ったままおふさと吉之助に目をむけていた。

それからいっときして、刀十郎たちはおふさに招じ入れられ、庭に面した座敷に腰を落ち着けた。

おふさは、額を畳に押しつけるようにして、刀十郎たちにくどいほど礼を言った。

吉之助はおふさの脇で眠っていた。昨夜からの出来事で疲れたらしく、おふさに手を引かれて部屋に連れてこられるとすぐに眠ってしまったのだ。

「それで、清水家にはいつ行かれるな」

刀十郎が訊いた。

「明日、吉之助とふたりで行くことになります」

おふさによると、渋川が駕籠で迎えに来るという。

そのとき、玄関で出迎えたお竹《たけ》という年配の女中が、茶を出してくれた。その茶で、刀十郎たちが喉を潤した後、

「吉之助とも、今日でお別れね」

小雪が、しんみりした口調で言った。

明日から、おふさと吉之助は大身の旗本の屋敷で暮らすことになるのである。ちかいうちに、おふさは旗本の奥方に、吉之助は嫡男という立場になるにちがいない。小雪や刀十郎にとって、おふさと吉之助は、雲の上の存在になるだろう。

「わたし、怖いんです。武家のお屋敷で暮らしたことなどないし、作法も分からないし……」

おふさは不安そうな顔をした。本音であろう、町人の娘として育ったおふさにとって、清水家の暮らしは、当分の間苦難の連続にちがいない。

刀十郎は黙っていた。軽格の身であったが、武士として育った刀十郎には、町人とはちがう武家の堅苦しいしきたりやしがらみが分かるだけに、おふさも苦労するだろうと思ったのだ。

「でも、清水さまにおすがりしなければ、わたしも吉之助も生きていけないのです。……わたしは、どうなろうと構わないのですが、この子だけは、不幸な目に遭わせたくないのです」

おふさが声を震わせて言った。その顔には、不安そうな表情のなかに女の強さを感じさせるものがあった。

……子を思う母親の強さだ。

と、刀十郎は思った。

「おふささん、人の情は武士も町人も変わらぬ。それほど案ずることはないと思うがな」

刀十郎が励ますように言うと、

「そうよ、おふささん、武士も町人も変わりないわ」

小雪が刀十郎に目をやりながら言った。

小雪は武士である刀十郎の妻として生きていたし、長屋に住む大道芸人たちとも分け隔てなく付き合っていたのだ。

「わたし、この子のためにも頑張るつもりです」

おふさはそう言うと、かたわらで眠っている吉之助の胸に、そっと手を伸ばした。吉之助の無垢《むく》な寝顔は、どんな難事も寄せつけないほど可愛かった。

6

刀十郎と小雪が首売り長屋へもどると、権十が戸口から顔を出した。どうやら、刀十郎が帰るのを待っていたようである。

「刀十郎、大家のところに来てくれ」

権十は刀十郎の顔を見ると、すぐに言った。

「何かあったのか」

刀十郎が訊いた。

「いや、にゃご松たちがもどってきてな。これから、どうするか相談するらしい」

「分かった。すぐ、行こう」

にゃご松たちは、石原町の隠れ家から逃げた山城と小野田を尾行したはずである。刀十郎は、にゃご松たちが山城たちの行き先をつきとめたのだろうと思った。

宗五郎の家に、五人の男が顔をそろえていた。宗五郎、彦次、仙太、にゃご松、早七である。狭い座敷に刀十郎と権十がくわわると、膝先が触れ合うほどになるが、我慢するしかなかった。

初江は土間に立っていたが、刀十郎たちが入ってくると、

「あたし、小雪さんのところへ行っているからね」

と言い残し、そそくさと出ていった。狭い部屋なので、初江の居場所がないのだ。

刀十郎と権十が座敷の隅に膝を折ると、

「にゃご松から話してくれ」

と、宗五郎が切り出した。

「へい、あっしと仙太で、山城と小野田を尾けたんでさァ」

そう前置きして、にゃご松が、石原町から橋町まで山城たちを尾け、ふたりがすず屋という小料理屋に入ったことまでを話した。

「すず屋の女将が、猪吉の情婦《いろ》らしいんでさァ」

仙太が言い添えた。

「すると、山城と小野田は、猪吉の塒にもぐり込んだわけだな」

権十が言った。

「へい。いま、為蔵と万吉がすず屋を見張っていやす」

にゃご松が、見張りを替わったのだと口にした。

「三人を始末すれば、わしらの役目は終わるな」

宗五郎が、男たちに視線をやりながら低い声で言った。

「いつ、やりやす」

と、彦次。

「早い方がいいな。明日、陽が沈んでから仕掛けたらどうだ」

権十が言うと、

「にゃご松、すず屋は小料理屋だと言ったな」

刀十郎が念を押すように訊いた。

「へい」

「それなら、明日の未明がいい。……店に客がいると面倒だからな」

刀十郎には、他の懸念もあった。明日、おふさと吉之助は、駕籠で清水家に向かうことになっていた。このことは、小松も承知しているだろう。となると、最後の機会とみて、山城と小野田が吉之助を襲うことも考えられた。ここまで来れば、吉之助の命を狙うかもしれない。それを阻止するためにも、明日の未明がいいと思ったのである。

「わしも、未明がいいと思う」

宗五郎が言った。

それで、決まった。明日の未明、すず屋を襲って、山城たちを討つことになった。

「相手は、山城、小野田、猪吉の三人だが……」

そう言って、宗五郎は一同に視線をめぐらせ、

「わしと刀十郎、それに権十と彦次の手も借りたい」

と、言い添えた。いずれも、戦力になる男たちである。

宗五郎は四人で十分だと思ったようだが、にゃご松が、

「あっしも、行きてえ」

と、声を上げると、仙太と早七も、おれも、おれも、と言いだした。

「よし、みんなで行こう」

宗五郎が言った。店の外で見張りでもさせておけば、足手纏いにはならないとみ

たのであろう。

　その日、刀十郎たちは夕餉の後、早めに横になって一眠りし、子ノ刻（午前零時）ごろ、長屋の井戸端に集まった。吉之助を助け出しに行ったときと同じである。

集まったのは、宗五郎、刀十郎、権十、彦次、為蔵、万吉、早七の七人だった。にゃご松と仙太は、為蔵と万吉に替わって、すず屋の見張りに行っていたのである。

首売り長屋は夜の帳につつまれ、洩れてくる灯もなくひっそりと寝静まっていた。風のない静かな月夜である。どこからか、コオロギの鳴き声が清夜の大気を震わすように聞こえてきた。

「為蔵、すず屋に山城と小野田はいるな」

　宗五郎が念を押すように訊いた。

「へい、あっしらが見張っているときは、店から出やせんでした」

　為蔵によると、町木戸のしまる四ツ（午後十時）ごろまで万吉とふたりですず屋の店先を見張り、その後、にゃご松と仙太に替わったという。

「あっしと万吉は、寝てねえんでさァ」

　為蔵が、目をしょぼしょぼさせて言った。巨漢で鬼のようにいかつい顔をしているが、その仕草には子供のようなところがあった。

「ご苦労だな。このまま長屋で、休んでもいいぞ」

宗五郎が言うと、

「だ、旦那、冗談じゃァねえ。あっしらは、大枚をいただいてるんだ。一晩ぐれえ寝なくたってどうってこたァねえ。そうだな、万吉」

為蔵が万吉に顔をむけて言った。

「そうとも」

万吉が声を上げた。

「それなら、みんなで出かけよう」

オオッ！

為蔵たちがいっせいに声を上げた。

宗五郎が先頭に立って、首売り長屋の路地木戸をくぐった。六人の男たちが、後につづく。

宗五郎たちは、寝静まった夜の町を足早に歩いていく。頭上で月が皓々とかがやき、地面に落ちた男たちの短い影が弾むようについていく。

第六章　突きと撥ね

1

刀十郎は、首売り長屋の仲間たちといっしょに深い静寂につつまれた横山町の町筋を歩いていた。

前方に、浜町堀にかかる汐見橋が見えてきた。青白い月光のなかに、黒い影のように浮かび上がっている。

ここまで来ると、すず屋はすぐである。

「義父上、山城と立ち合わせてもらえませんか」

歩きながら、刀十郎が低い声で言った。

「うむ……」

宗五郎は虚空を見すえたまま答えなかった。

「たぐり突きと決着をつけたいのです」

刀十郎は、ひとりの剣客として山城と勝負したかったのだ。

「勝てるか」

宗五郎が訊いた。

「やってみなければ、分かりません」

刀十郎の本心だった。勝負はどう転ぶか分からないのである。

「たぐり突きをかわすのは、むずかしいぞ」

「承知しています」

長刀から繰り出されるたぐり突きは、槍の刺撃のように迅い。体を動かしてかわすのは、むずかしい、と刀十郎はみていた。

「上段や八相から、山城の突きをたたき落とすのもむずかしい」

宗五郎は山城と切っ先を合わせていたので、たぐり突きの恐ろしさが分かっていたのだ。

「いかさま」

「それで、どうする？」

宗五郎が刀十郎を振り返って訊いた。

「撥ね上げるつもりでいます」

「下段からか」

「はい」

「………」

宗五郎は無言のまま歩いていたが、やってみるがいい、とつぶやくような声で言った。

いっとき、ふたりは黙したまま歩いていたが、汐見橋のたもとまで来たとき、

「ただし、おまえがあぶないとみたら、助太刀に入るぞ。……わしは、小雪に泣かれたくないのでな」

宗五郎はそう言うと、すこし足を速めた。

橘町に入って間もなく、前方から小走りに近付いてくる人影が見えた。

「にゃご松ですぜ」

為蔵が言った。

刀十郎たちは路傍に足をとめ、にゃご松が近付くのを待った。すず屋は近くらし

い。

「どうだ、すず屋の様子は？」

宗五郎が、にゃご松に訊いた。

「山城と小野田は、店にいやすぜ」

にゃご松によると、ふたりとも店から出てこないという。四ツ（午後十時）過ぎに店から出てきた客に、それとなく店内の様子を訊くと、武士がふたり酒を飲んでいたということだった。そのふたりが山城と小野田だろう、とにゃご松が言い添えた。

「いまは、店をしめているな」

「へい、四ツ半（午後十一時）ごろに、暖簾をしまいやした。いまごろは、白川夜船でさァ」

そう言って、にゃご松が手で目をこすった。にゃご松も眠いらしい。

「仙太は？」

「すず屋の近くで見張っていやす」

「よし、行こう」

宗五郎たちは、にゃご松につづいて堀沿いの道を歩きだした。

半町ほど歩くと、堀沿いの柳の陰から仙太が出てきた。

「やつら、寝てるようですぜ」

と、小声で言った。

斜向かいの店が、すず屋らしい。平屋だった。灯《ひ》の色はなく、夜陰のなかに、ひっそりと沈んでいる。

「どうするな」

宗五郎は上空を見上げてつぶやいた。

満天の星だった。東の空が、かすかに明らんでいるようにも見えたが、払暁まではには間がありそうだ。

浜町堀沿いの通りは月光につつまれ、仄白《ほのじろ》く浮き上がったように見えていた。路傍に立った男たちの影が、足元に落ちている。辺りは静寂につつまれ、虫の音と堀の水音が聞こえてくるだけである。

「明るくなるのを待つこともないな」

宗五郎は、この明るさなら戦えると踏んだようだ。

「仕掛けますか」

刀十郎が言った。

「家のなかは、狭いだろう。踏み込んで、刀を向け合うだけの間はあるまい」

それに、家のなかは暗いはずだった。立ち合うのは無理であろう。

「山城たちを外へ引き出しますか」

「外でやるなら、いまがいいな」

脇から、権十が口をはさんだ。

明け六ツ（午前六時）ごろになれば、朝の早いぼてふりや豆腐屋などが浜町河岸に姿を見せるはずだ。人目のあるなかで、立ち合いはできない。それも、首売り長屋の者が多数、くわわるのである。どんな騒ぎになるか、分からないのだ。

「裏手は？」

宗五郎が、にゃご松たちに目をむけて訊いた。

「裏口はねえようですぜ」

にゃご松が答えた。

「よし、表へ引き出そう」

宗五郎が声を強くして言った。

すぐに、宗五郎は集まった男たちに指示した。戦うのは、宗五郎、刀十郎、権十、彦次と決めた。相手は、山城、小野田、猪吉の三人だけである。宗五郎たち四人で、十分だった。

「あっしらは、何をすればいいんで」

にゃご松が不満そうな顔をした。

「にゃご松たちは、通りの左右に分かれて、邪魔者が近付かないように見張ってくれ」

「へい」

にゃご松はうなずいたが、まだ不満そうである。たいした役ではないと思ったようだ。

「だれも近付けるなよ」

宗五郎が念を押すように言うと、

「承知しやした」

にゃご松が声を上げ、為蔵、万吉、仙太、早七をくわえた五人は、二手に分かれて通りの左右に走った。

「行くぞ」

宗五郎たち四人は、すず屋の戸口にむかった。

2

すず屋の戸口は、格子戸がしまっていた。店のなかはひっそりとして、何の物音も聞こえてこなかった。

「あきませんぜ」

彦次が格子戸に手をかけて言った。心張り棒でも支ってあるらしい。山城たちはそれなりに用心しているのだろう。

「おれが、あける」

権十が戸口の前に出て、彦次、短剣を貸してくれ、と言って彦次の方に手を伸ばした。

彦次から先のとがった短剣を受け取った権十は、短剣を格子の隙間に刺し込んで、横に引いた。ベキッ、と音がし、格子が砕けた。

　権十は手をつっ込んで砕けた格子をへし折ると、できた隙間から腕をつっ込んで心張り棒をはずした。

　戸は簡単にあいた。戸口の先は、狭い土間になっている。

　なかは暗かった。それでも、戸口から射し込んだ月明りで、かすかに土間の先に座敷があるのが分かった。追い込みの座敷らしく、間仕切りの屏風《びょうぶ》が立っていた。深い闇につつまれている。

　追い込みの座敷の奥で、かすかに夜具を動かすような音がした。格子戸を破る音で、目が覚めたのであろうか。

　右手が奥につづく廊下になっていた。おそらく、その先に座敷があり、山城たちの寝所になっているのであろう。

「おれが呼び出す」

　権十がそう言うと、框から奥につづく廊下に上がり、

「おい、聞こえるか！　山城、小野田、出てこい！」

　と、大声を上げた。そして、廊下で足踏みして、ドカドカと家を揺らすような大

きな音をたてた。

奥の闇のなかで、敵だ！　踏み込んでくるぞ！　という男の声がし、夜具を撥《は》ね除《の》けて、立ち上がるような物音がした。どうやら、権十の声と物音に、刀十郎たちが押し込んでくると思ったようだ。

「いま、出てくる」

権十は、ニタリと笑い、土間へ飛び下りた。

奥で障子をあける音がし、つづいて複数の者が廊下を踏む音がひびいた。廊下の先の暗闇に、かすかに黒い人影が見えた。

三人である。ふたりは武士体だった。小袖に袴姿で、手に大刀をひっ提げていた。山城と小野田らしい。そのふたりの後ろに、町人体の男がいた。猪吉であろう。

三人の男は、追い込みの座敷にまわり込んできた。闇のなかに、ぼんやりと三人の顔が浮かびあがった。やはり、山城たちである。刀十郎たちにむけられた三人の目が、闇のなかで底びかりしている。

「やはり、うぬらか」

山城が低い声で言った。声に、憤怒のひびきがある。

「山城、勝負をつけようぞ」

刀十郎が山城を見すえて言った。

「相手は四人か」

山城は、土間に立っている刀十郎たち四人に目をむけた。

「おぬしと勝負するのは、おれだ」

刀十郎が言った。

「よかろう」

山城は、素早く寝間着の裾を取って帯に挟んだ。闇のなかに両脛《りょうすね》が白く浮き上がったように見えた。つづいて、小野田と猪吉も寝間着の裾を取って、尻っ端折りした。小野田と猪吉も、戦う気になったようだ。

「ここは狭い。外へ出ろ」

刀十郎は後じさりし、戸口から外へ出た。

つづいて、宗五郎、権十、彦次の三人も敷居をまたいだ。

山城たちは土間へ下りて戸口から出ると、通りの左右に目をやった。他に、刀十郎たちの仲間がいるか確かめたのであろう。

刀十郎は堀沿いの通りで、山城と対峙した。青磁色の月光がふたりの顔を照らし、短い影が足元に落ちている。

ふたりの間合は、およそ四間。まだ、ふたりとも刀を抜いていなかった。山城は猛禽のような目で刀十郎を見つめている。

一方、宗五郎は刀十郎たちから五間ほど離れた場所で、小野田と相対していた。権十は猪吉の前に立っていた。鉄手甲を嵌めている。ふところから出して嵌めたのであろう。

彦次は堀際にまわって短剣を手にしていた。彦次は猪吉よりも、山城と小野田に目をむけていた。刀十郎や宗五郎があやういと見たら、助太刀するつもりなのだろう。

「首売り屋、おれのたぐり突きがかわせるか」

山城がゆっくりと刀を抜き、手にしていた鞘を路傍に投げた。寝間着の帯では、腰に差しづらかったようだ。

「どうかな」

刀十郎も抜刀した。

山城は青眼に構えた。刀身を低くして、切っ先を刀十郎の胸につけた。たぐり突きの構えである。

長刀が月光を反射《はね》て、銀色《しろがねいろ》にひかっている。

刀十郎は青眼に構えた後、ゆっくりと刀身を下げて、切っ先を山城の膝のあたりに付けた。下段だが、やや高い。刀十郎は下から刀身を撥ね上げて、山城のたぐり突きをはじこうとしたのである。

「下段か」

山城の口元に薄笑いが浮いたが、すぐに消えた。山城も刀十郎の下段が何を狙っているか、気付いたのである。

ふたりの間合はおよそ四間。まだ、斬撃の間境からは遠かった。

ふたりは、下段と低い青眼に構えたまま動きをとめていた。ふたりの全身に気勢がみなぎってくる。

ジリッ、ジリッ、と山城が間合をつめ始めた。銀色にひかる長刀が、すこしずつ刀十郎に近付いてくる。まるで、蛙《かえる》を狙う蛇のようである。

3

刀十郎は動かなかった。かすかに腰を沈め、気を鎮めて山城の気の動きを読もうとしていた。

そのとき、刀十郎の脳裏に、獄門台から首を突き出し、槍を手にした客を見つめている己の姿がよぎった。

いままさに、客は槍で刀十郎を突こうとしていた。刀十郎はその刺撃をかわそうとしている。

……あの呼吸だ！

そう、思ったとき、ふと刀十郎の心の内が空白になった。緊張と恐れが、霧散したのである。無の境地といっていいのかもしれない。

そのとき、月光に浮かび上がった刀十郎の顔が、笑ったように見えた。表情がやわらいだせいである。刀十郎の商売を知っている者なら、獄門台の上の首が笑ったように見えたかもしれない。

ふいに、山城の寄り身がとまった。突きの間合からは、まだ一歩手前である。刀十郎の顔の表情から、不気味なものを感じとったのかもしれない。

山城は全身に気魄《きはく》を込め、切っ先に突きの気配を見せた。気攻《きぜ》めである。気で攻めて、刀十郎の心を乱そうとしたのだ。

だが、刀十郎はまったく表情を動かさなかった。獄門台の上で笑っている首のように、おだやかな表情をしている。

イヤアッ!

突如、山城が裂帛の気合を発した。気合で、刀十郎の気を乱そうとしたのだ。

刀十郎は動じなかった。気を鎮めて、山城の突きの起こりをとらえようとしている。

つ、つ、と山城が摺《す》り足で間合をつめてきた。全身に気勢が満ち、その体がふくれ上がったように見えた。

一気に、山城が突きの間境に踏み込んできた。

ヤアッ!

鋭い気合を発し、山城が体《たい》を躍らせた。

刹那、山城の長刀の切っ先が、稲妻のように刀十郎の胸にむかってはしった。

間髪をいれず、刀十郎が下段から刀身を撥ね上げた。

キーン、という甲高い音がひびき、山城の切っ先が虚空へ撥ねた。

間一髪、刀十郎は山城のたぐり突きをはじいたのだ。

が、すかさず山城は刀身を引いて突きの体勢をとった。俊敏な体捌きである。

刀十郎も流れるような体捌きで、撥ね上げた刀身を振りかぶっていた。

次の瞬間、ふたりは二の太刀をふるった。

山城が突き、刀十郎が袈裟へ斬り下ろした。

一瞬、刀十郎は敵を斬った手応えを感じたが、同時に左の肩先に疼痛《とうつう》を覚えた。

ふたりは交差し、大きく間合をとって反転した。

山城の着物の右の肩先が裂け、血に染まっている。刀十郎の着物も肩口が裂け、血の色があった。

「互角か」

山城がふたたび低い青眼に構え、切っ先を刀十郎の胸につけた。

刀十郎は下段に構えた。

山城の切っ先が揺れている。右の肩先の傷は深手なのだ。右腕が震え、構えがままならないのだ。

山城の顔に憤怒の色が浮いている。

「お、おのれ！」

山城が声を震わせて言った。

すると、長刀がさらに大きく震えだした。激情で体が硬くなり、震えが激しくなったせいである。

「山城、命はもらったぞ」

刀十郎が足裏を擦るようにして間合をつめ始めた。

だが、山城は逃げなかった。体を顫わせながらも、突きをくり出す間合を読もうとしている。

刀十郎が一気に斬撃の間境を越えた。

刹那、山城の全身に刺撃の気がはしった。

「突き！」

叫びざま、山城が突きをくり出した。だが、たぐり突きのような鋭さがなかった。

オオッ！

間髪をいれず、刀十郎が下段から刀身を撥ね上げた。刀十郎はこの突きを読んでいたのである。

甲高い金属音がひびき、青火が散った。山城の刀身が大きく、虚空にはじかれた。

瞬間、山城の胴があいた。

すかさず、刀十郎が刀身を返しざま、胴へ斬り込んだ。体をひらきながら胴へ。神速の体捌きである。

山城の上体が前にかしいだ。刀十郎の切っ先が、山城の腹を深くえぐったのである。

山城はたたらを踏むように泳いで、足をとめた。つっ立った山城の腹が血に染まり、裂けた着物の間から臓腑が覗いている。

山城は顎をつき出すようにして顔をゆがめ、低い呻き声を洩らしていた。

いっとき、山城はつっ立ったまま動かなかったが、ふいに、体が大きく揺れると、がっくりと膝を折った。そして、頭から前につっ込むような格好で俯《うつぶ》せに倒れた。

なおも、山城は這おうとしてもがいていたが、体を起こすこともできなかった。

「とどめを刺してくれる」

武士の情けだった。このまま山城を放置すれば、無残な姿を晒したまま苦しむだけであろう。

刀十郎は山城の背後から近付き、刀身を一閃させた。山城の首筋から血が奔騰した。切っ先が、山城の首筋の血管《ちくだ》を斬ったのである。山城はすぐに動かなくなった。全身血まみれである。

刀十郎は宗五郎に目を転じた。


夜陰のなかで、宗五郎と小野田が対峙していた。宗五郎は八相、小野田は青眼に構えている。

小野田の切っ先が、ワナワナと震えていた。肩先から胸にかけて着物が裂け、血に染まっている。すでに、小野田は宗五郎の斬撃を浴びていたのだ。

宗五郎は、八相に構えたまま摺り足で小野田との間合をせばめていく。腰の据わった隙のない構えだった。八相に構えた刀身が月光を反射《はね》て、青白くひかっていた。その刀身が、夜陰を切り裂きながら小野田に迫っていく。

小野田の顔が恐怖にゆがんだ。腰が引けている。

斬撃の間境に迫るや否や、宗五郎が、ヤアッ！ と鋭い気合を発した。

一瞬、小野田の剣尖《けんせん》が浮いた。宗五郎の気合と構えの威圧に気圧《けお》されたのだ。この隙を宗五郎がとらえた。

踏み込みざま袈裟へ。迅雷の斬撃である。

ザクリ、と小野田の肩口が裂けた。

小野田が絶叫を上げて、のけ反った。次の瞬間、肩口から血が噴き出した。宗五郎の一撃が、小野田の肩から胸にかけて深くえぐったのだ。

小野田は血を撒《ま》きながらたたらを踏むように泳ぎ、足がとまると、腰から沈み込むように転倒した。地面に伏臥した小野田は、いっとき四肢を痙攣させていたが、すぐに動かなくなった。絶命したようである。

「義父上、始末がつきました」

刀十郎が、宗五郎に歩を寄せて声をかけた。

「見事、山城を討ち取ったようだな」

宗五郎が言った。どうやら、宗五郎は刀十郎と山城の勝負を目の端でとらえていたようだ。

「何とか、討てました」

刀十郎の偽らざる気持ちだった。山城のたぐり突きをかわせたのは、紙一重の差だと思っていた。日頃の首売りの商売のなかで身につけた相手の気の動きの読みと一瞬の反応が、たぐり突きを破ったのである。

「権十も、猪吉を始末したようだ」

宗五郎が倒れている小野田の脇に屈み、血濡れた刀身を小野田の袖口で拭《ふ》きながら言った。

そこへ、権十と彦次が近寄ってきた。権十は手に鉄手甲を嵌めたままである。いかつい顔が赭黒く染まり、双眸が異様なひかりを宿していた。人を殺した興奮で、血が滾《たぎ》っているのであろう。

「権十の旦那は、猪吉を殴り殺したんですぜ」

彦次があきれたような顔をして言った。

「権十の鉄腕は、刀以上だ。……これで、始末がついたな」

宗五郎が納刀しながら言った。

「こいつらどうする」

権十が倒れている小野田に目をやって訊いた。

「山城たちを道端に転がしておいたのでは、通りかかった者が驚くだろう。土手の叢のなかにでも、運んでおいてやろう」

宗五郎はそう言って、にゃご松や為蔵たちを呼び寄せた。

すぐに、男たちは三人の死体を堀際に群生した芒《すすき》や葦《あし》の草藪《くさやぶ》のなかに引き込んで隠した。これで、しばらく死体は発見されないだろう。

「明けてきたぞ」

東の空が茜色に染まっていた。

払暁である。夜陰がうすれ、家並がその輪郭と色彩をとりもどし始めていた。どこかで、一番鶏《いちばんどり》の声が聞こえた。江戸の町が動きだすころである。

4

刀十郎は、戸口に並べた盆栽に柄杓で水をやっていた。ここしばらく、吉之助にかかわる騒動に巻き込まれ、水やりがなおざりになっていたが、枯れた木は一本もなかった。小雪が、刀十郎の替わりに水をやってくれたからである。

五ツ（午前八時）ごろだった。首売り長屋はひっそりしていた。男たちは、大道芸や物貰い芸などで金を稼ぐために出かけていたのだ。

「おまえさん、そろそろ出かけましょうか」

小雪が戸口から声をかけた。首売りの商売に、ふたりで両国広小路へ行こうというのである。

刀十郎たちが、山城たちを斬ってから半月ほど経っていた。刀十郎と小雪は、十日ほど前から両国広小路へ出かけていたのだ。

「もうすこし、待ってくれ。まだ、半分ほど残っている」

刀十郎は、盆栽の樹勢や土の乾きぐあいなどを一鉢一鉢見ながら水をやっていたので時間がかかったのだ。

「ご隠居でもないのに、盆栽なんておかしなひと」

小雪は家にもどろうとした。

そのとき、下駄の音がした。見ると、初江が慌てた様子でやってくる。

刀十郎は柄杓を手にしたまま、

「何かあったのか」

と、訊いた。

「……来てますよ、渋川さまと松山さまが」

初江が声をつまらせて言った。急いで来たせいで、息が上がったらしい。

「何の用かな」

「あたしには分からないけど、うちのひとが刀十郎さんを呼んでこいって……」

どうやら、初江は宗五郎に言われて来たらしい。

「すぐ、行く」

刀十郎は柄杓を小雪に渡し、もどってから水をやる、と言い置いて、初江の後についていて宗五郎の家にむかった。

渋川と松山が、宗五郎と対座していた。三人の膝先には、湯飲みが置いてあった。初江が、刀十郎の家に来る前に茶を淹れたのだろう。

「刀十郎どの、お呼びだてしてもうしわけござらぬ」

渋川が目を細めて言った。

脇に座している松山の顔にも、笑みが浮いている。悪い話で来たのではないようだ。

刀十郎が腰を下ろすと、

「清水家も落ち着きましたので、あらためて礼にうかがったのです」

渋川が言った。

初江は流し場で、湯飲みを盆に載せていた。刀十郎のために、茶を淹れてくれるらしい。朝餉のおりに、竈《へっつい》で沸かした湯が残っているのだろう。

「おふささんと吉之助は、どうなりました」

刀十郎は、松山からおふさと吉之助が清水家からの迎えの駕籠で無事に屋敷に入ったという話は聞いていたが、その後の様子は知らなかったのだ。

そのとき、刀十郎から松山に、山城と小野田を斬ったことも話してあった。

「吉之助さまは、すぐに殿に馴染《なじ》まれたようでしてな。殿はたいそう喜んでおられます。……子供というのは、順応するのが早うござるな」

渋川が、清水家は、いずれ吉之助さまが継がれることになりましょう、と満足そうに言い添えた。

「それはよかった」

確かに、環境に順応するのは子供の方が早いようだ。吉之助が、刀十郎の家で暮らすようになったときも、刀十郎と小雪になつき、ときには父母のようにあまえることさえあったのだ。

「おふささんは、どうですか」

初江が、急須で茶をつぎながら訊いた。

「おふささまも、息災でござる。……武家の暮らしに戸惑われているご様子だが、じきにお慣れになろう。芯の強いお方なので、懸念はしておりません。それに、吉之助さまがごいっしょですからな」

そう言って、渋川は膝先の湯飲みに手を伸ばした。

「まァ、案ずることはあるまい。母親は強いからな」

宗五郎はそう言った後、

「ところで、小松重左衛門はどうなったな」

と、訊いた。宗五郎は、小松のことが気になっていたようである。

「絶縁されたらしい。……実は、わしや松山からも殿に、清水家の跡継ぎにかかわる小松の陰謀を申し上げたのだが、にわかに信じられなかったのだ。ところが、殿が親しくされている御目付の方が、小松のことを内偵していてな。それとなく、小松が無頼牢人たちを遣って商家から脅し取った金で、吉原に出かけたり料理茶屋で豪遊したりしていることを殿に話されたようなのだ。それで、小松と縁を切ることを決意されたらしい」

渋川がそこまで話すと、

「いずれちかいうちに、小松は公儀の手で処罰されることになるはずです。小松はちかごろおとなしくしていたようだが、清水家の世継ぎのことが持ち上がる前は、山城たちと悪事を重ねていたようなのです」

と、松山が言い添えた。

「奥方さまは、どうなります」

初江が、刀十郎の膝先に湯飲みを置きながら訊いた。初江も、刀十郎や宗五郎のやり取りを聞いていて、清水家の世継ぎにかかわる騒動を知っていたのだ。

「いまは、謹慎しておられるが、いずれ清水家を出られるのではございませぬかな」

渋川が小声で言った。それ以上は口にしなかったが、鶴乃にすれば、実家に帰るか、髪を下ろして尼にでもなるかしか道はないのだろう。

刀十郎は黙ったまま、渋川や宗五郎のやり取りを聞いていた。そして、清水家でも始末がついたようだ、と思った。

それから、半刻（一時間）ほど、渋川は吉之助とおふさの清水家での暮らしぶりを話してから腰を上げた。

ふたりを送り出した刀十郎は、

「盆栽の水やりが途中でしたので」

と、宗五郎に話し、そのまま自分の家へむかった。

家にもどった刀十郎が、手桶に残っていた水を柄杓に汲んで盆栽に水をやっていると、小雪が戸口から出てきた。

「話は終わったの」

小雪が訊いた。

「ああ、渋川どのと松山どのが、おふささんと吉之助の暮らしぶりを話してくれたよ」

刀十郎は、おふさと吉之助が武家の暮らしにも馴染み、当主の清水ともうまくやっていることを話し、

「吉之助は、清水さまにもたいそう好かれているそうだ」

と言い添えた。

「よかった。……わたし、なんだか吉之助が他人の子のような気がしないの」

小雪がしんみりした口調で言った。

刀十郎は、幼木の松の根元に水をかけてやりながら、

「小雪、吉之助はいまに大樹になるかもしれんな」

と、つぶやくように言った。

「そうね」

「早く、おれたちも子がほしいな」

「ええ……」

小雪は顔を伏せて小声で答えた。目が潤んだようにひかり、白い頬が朱を刷いたように染まっている。

刀十郎は、盆栽に柄杓をかたむけたままだった。ちいさな鉢から水が流れ落ちている。

首売り長屋は静かだった。秋のやわらかな陽射しが、ふたりをつつむように照らしている。

この作品は書き下ろしです。

首売《くびう》り長屋《ながや》日月譚《じつげつたん》

文月騒乱《ふづきそうらん》

鳥羽亮《とばりょう》

平成22年10月10日　初版発行

発行人――石原正康
編集人――永島賞二
発行所――株式会社幻冬舎
〒151-0051東京都渋谷区千駄ヶ谷4-9-7
電話　03(5411)6222(営業)
　　　03(5411)6211(編集)
　　振替00120-8-767643
印刷・製本―図書印刷株式会社
装丁者――高橋雅之

幻冬舎時代小説文庫

ISBN978-4-344-41563-8　C0193　と-2-22